Eva Neuner

DAS UNANGENEHME GUTE
Zwei Frauen gehen ihren spirituellen Weg

edition agaperos

Eva Neuner
Das unangenehme Gute
Zwei Frauen gehen ihren spirituellen Weg

edition agaperos
ISBN 3-937098-51-8

Titelgestaltung und Satz: Ronald Weller
Schriften: Adobe Garamond, Bauhaus, Myriad

Herstellung: Books on Demand GmbH, Norderstedt
Printed in Germany

VORWORT

Es ist kein besonderer Tag, ich möchte ihn sogar normal nennen, und dennoch ist heute etwas anders. Mir fällt auf, dass ich alles in einem anderen Licht sehe, als hätte ich den Strahl einer Taschenlampe aus einer anderen Richtung auf mein Leben gehalten. Nun erkenne ich Dinge, die mir noch gar nicht klar waren.

Was bringt zwei Frauen dazu, ihre Familien zu verlassen, um sich zusammenzutun, sich gegen jegliche Vernunft und gesellschaftliche Moral einzurichten in einem Leben, in dem es hauptsächlich sie beide gibt? Zwei Frauen und Mütter – eine sogar schon Großmutter – die viel Zeit und Kraft aufgewendet haben, für ihre Männer und Kinder dazusein, ihnen Sorgen und unangenehme Arbeiten abzunehmen und deren Tag damit ausgefüllt war, für andere dazusein und zu sorgen?

Heute ist es für uns normal, zusammen zu leben, Hand in Hand zu gehen und uns zueinander zu bekennen. Es gab auch ganz andere Zeiten, Wochen, in denen wir gekämpft haben gegen das, was wir fühlen. Es war fremd, keiner konnte uns verstehen. Das wiederum konnten wir verstehen, denn wir waren selbst erstaunt, was mit uns geschieht.

Nun fühle ich mich sicher und geborgen in einer Partnerschaft, die von vielen als unnatürlich betrachtet wird, aber das hat mit uns nicht mehr viel zu tun. Die Momente, in denen ich mich erinnern muss, dass ich meine Partnerin nicht in der Öffentlichkeit küssen sollte, werden seltener und verlieren an Bedeutung. Wir haben genug Zeit füreinander, wenn wir allein sind, wir brauchen die Öffentlichkeit nicht.

Was wir brauchen, ist Vertrauen zueinander und in die eigenen Fähigkeiten. Wir brauchen Liebe und Verständnis, das wir nicht auf uns beschränken, sondern gern unserer Umwelt zur Teilnahme anbieten. Wir brauchen Menschen, die unsere Ansichten und Lebensmaximen teilen und nicht danach fragen, ob wir uns so verhalten, dass jeder es nachvollziehen kann. Und wir brauchen uns. Ich brauche mich und Sabine und Sabine braucht sich und mich.

Der Sinn des Lebens ist es, sich selbst zu entdecken, zu lieben und anzunehmen mit allen Licht- und Schattenseiten, und diesen Sinn zu erfassen haben wir uns zur Aufgabe gemacht. Seit einigen Jahren sind wir voll damit beschäftigt, rund um die Uhr nur ich und sie. Es gehörte eine Menge Mut und Selbstvertrauen dazu, dass wir uns das gestattet haben. Erst gegen den Widerstand von außen, dann gegen die Kräfte in uns selbst, die uns immer wieder klarmachen wollten, dass es nicht richtig ist, an sich selbst zu denken.

Die Stufe, die wir soeben erklommen haben, lässt uns die ganze Angelegenheit von außen und oben betrachten, und das ist der Strahl der Taschenlampe, der aus einer anderen Richtung kommt. Wir haben uns herausbewegt aus der Opferhaltung: dem Denken, dass wir Opfer unserer Umgebung und unserer Erziehung, unserer Gewohnheiten und Denkmuster sind.

Natürlich heißt das nicht, dass wir frei wären von all diesen inneren und äußeren Zwängen oder dass wir behaupten könnten, Selbsteinschränkungen und Selbstbestrafung, die alle Menschen auf irgendeine Weise erfahren, lägen hinter uns.

Die meiste Zeit und Kraft haben wir gebraucht, uns aus den Eßgewohnheiten zu befreien. Während dieses langen und teilweise sehr schmerzhaften Prozesses haben wir gelernt, auf uns selbst und unsere Bedürfnisse zu achten und ernst zu nehmen, was uns beschäftigt und was wir für wichtig halten. Bei der Gelegenheit haben wir festgestellt, dass fast alle Gewohnheiten, die uns Sicherheit geben und gleichzeitig belasten, mit dem Essen zu tun haben. Ein großer Bereich, den wir wohl bis an das Ende dieses Lebens nicht befriedigend lösen werden.

Aber wir bleiben am Ball.

Unsere Erfahrungen sind hier aufgeschrieben, hautnah und ohne Schnörkel. Ängste und Freuden kommen zu Wort, alle Gefühle bahnen sich den Weg ins Bewusstsein und werden dort aufgenommen und bearbeitet.

Unsere geistigen Begleiter waren eine große Hilfe bei der Auseinandersetzung mit unserer körperlichen, seelischen und geistigen Wirklichkeit. Dafür sage ich an dieser Stelle Dank.

Und natürlich bedanke ich mich ganz herzlich bei Dir, liebe Sabine, vor allem dafür, dass du mir immer wieder Mut machst und meinen Weg begleitest.

1 Vom Herzen

Liebe Eva, es ist mir eine Ehre und Freude, an diesem Buch mitzuwirken.
Es ist nicht wichtig, dass dein Verstand erkennt, wofür eine Sache gut ist oder
was dir weiterhilft, es geht vielmehr darum, mit dem Herzen zu erfassen,
worum es geht. Bleibe eng an dir selbst, an deinen Gefühlen und deiner In-
tuition, dann kann dir nichts geschehen. Wenn du einige Dinge, die in die-
sem Buch beschrieben werden, nicht nachvollziehen kannst, weil dein Ver-
stand sich weigert, sie aufzunehmen oder zu analysieren, dann lass sie getrost
ruhen. Es geht nicht darum, schlauer, sondern klüger zu werden. Klugheit ist
die Essenz der im Herzen erfassten Weisheiten.
Der Wille des Menschen sei sein Himmelreich. Jeder, der diesen Spruch
kennt, hat sicher schon die Erfahrung gemacht, dass das, was er sich drin-
gend wünscht oder sein unbedingter Wille ist, sich auf irgendeine Weise er-
füllt. Oftmals nicht so, wie es geplant und gedacht war, aber die Essenz aus
dem Wunsch oder Willen erfüllt sich immer. Wie oft habt ihr gesagt „so habe
ich das nicht gewollt!" und damit gemeint, dass ihr es zwar erreichen wolltet,
aber mit einem anderen Ergebnis.
Für uns in der Unendlichkeit gilt der Leitsatz genauso wie für euch
auf der Erde. Wir kommen mit bestimmten Vorstellungen und Aufga-
ben an und versuchen, das Beste aus dem zu machen, was uns zur Verfü-
gung steht. Es stehen uns alle Hilfsmittel zur Verfügung, die wir benöti-
gen könnten. Hier herrscht eine angenehme und unaufdringliche Kame-
radschaft, so dass man sich gut aufgehoben fühlt. Ich bin noch nicht lan-
ge hier, habe aber schon einen guten Überblick über die Dinge, die ge-
schehen und sich im wesentlichen nicht von den Abenteuern auf der
Erde unterscheiden.
Wir haben es uns zur Aufgabe gemacht, das Vertrauenverhältnis zwischen
Himmel und Erde neu zu beleuchten und die Welten wieder näher zusam-
menzubringen. In der industrialisierten und rationalen Welt ist kaum noch
Platz für Gefühle und Ahnungen, denn jeder scheut sich, darüber mit sei-
nen Mitmenschen zu sprechen. Dabei haben viel mehr Menschen Zugang

zu dieser Welt und Begegnungen mit unerklärlichen Phänomenen als man glaubt, nämlich jeder zweite Erwachsene.

Wie das kommt? Es erklärt sich in erster Linie dadurch, dass die meisten es schon unterdrücken, bevor es in die bewusste Ebene aufsteigen kann, frei nach dem Motto: es darf nicht sein, also ist es nicht. Wir bedauern diese Tatsache zwar, müssen aber mit ihr leben.

Wir wissen jedoch auch, dass es ebenso viele gibt, die auf ein Zeichen und Bestätigung von irgendeiner Seite hoffen, dass das, was sie erlebt haben, Realität ist. Es ist eine andere Form der euch bekannten Realität, deshalb aber nicht weniger wahr. Die Wahrheit einer Realität kann man am besten erkennen, indem man sein eigenes Herz befragt. Im Außen gibt es zu viele Stimmen und Argumente, als dass man von anderen eine Bestätigung erhoffen könnte.

Bringen wir es auf den einfachen Nenner, dass jeder Mensch seine eigene und persönliche Wahrheit hat.

Wir suchen uns Menschen aus, die sich als Kanal oder Wunderträger eignen. Wunderträger sind Menschen, denen auf unerklärliche Weise ein Wunder geschieht. Benötigt wird eine gewisse Stabilität, ein Anreiz oder ein Druck, der diese Menschen vorwärtstreibt. Der Wunsch oder Wille leuchtet hier in einer starken Farbe auf, und von dieser Farbe lassen wir uns leiten, wenn wir Kontakt aufnehmen.

Ich gebe zu, dass wir nur in den wenigsten Fällen die Verbindung zwischen der geistigen und irdischen Welt herstellen können, aber es gelingt uns immer wieder ein großer Wurf. Dann wird das Wunder, das wir sorgfältig vorbereiten und wofür wir alle Fäden ziehen und Hindernisse aus dem Weg räumen, auch als solches erkannt und nicht dem Zufall oder besonders harter Arbeit zugeordnet. Die Tatsache, dass es immer wieder vorkommt, gibt uns Kraft und den Mut, weiterzumachen und nicht aufzugeben. Sonst wäre die Menschheit am Ende.

Es sind die wenigen Helfer auf der irdischen Seite, die in den letzten Jahren eine Katastrophe verhindert haben, die an sich und eine Verbesserung geglaubt haben, obwohl der größte Teil der Menschheit den Kopf schüttelt und nicht glaubt, dass es in jedem Menschen begründet liegt, seine Welt zu retten und zu verbessern.

Ich habe mich noch nicht vorgestellt: Ich bin Michael, der Schriftsteller, der *die wunderbare Aufgabe erhalten hat, dir Mut zu machen, deinen eigenen Stil zu finden und das Buch zu schreiben, das die Welten wieder annähern soll. Meine letzte Inkarnation liegt Lichtjahre zurück, so viele Dinge habe ich inzwischen hier erlebt und genossen. Ich fühle mich leicht und frei, kann mich entfalten und finde mich in mir selbst.*

Zu jeder Erfüllung gehört eine Aufgabe, die das Sein erfüllt und das Herz weit macht, und unsere gemeinsame Arbeit ist Teil meiner Aufgabe. Ich kann weiterführen, was ich ein Leben lang geübt und vervollkommnet habe und gleichzeitig die Botschaft loswerden, die jeder Wesenheit am Herzen liegt: Menschen, öffnet die Augen für die geistige Welt, lasst euch hineingleiten und bezaubern.

Und lasst zu, dass wir euch helfen bei dem schwierigen Weg durch eine Inkarnation. Wir führen nichts Böses im Schilde und haben auch nicht die Absicht, eure Welt zu zerstören. Im Gegenteil.

2 Der Solar-Logos

Gestern abend mussten wir uns von unserem geistigen Begleiter, dem Solar-Logos verabschieden, weil seine Mission bei uns beendet ist. Er war sehr traurig, als er uns mitteilte, dass er uns nun an die nächste Instanz weitergibt, weil er unserem Wachstum nicht im Wege stehen darf. Dann wurde die Verbindung abrupt beendet. Tränen liefen uns über das Gesicht, wir konnten es nicht fassen. Ein halbes Jahr lang hat er uns liebevoll begleitet, alle unsere Fragen beantwortet, unser Training geleitet und dafür gesorgt, dass wir mit Riesenschritten vorangehen. Er ist Teil unseres Lebens geworden.

Obwohl wir nicht in der Stimmung dazu waren, sprachen wir anschließend noch mit Bimbus, der sich uns als das Wesen des Universums und Spezialist für zwischenmenschliche Beziehungen vorstellte. Wir erfuhren, dass er uns schon seit einer Weile beobachtet und sich auf die Zusammenarbeit freut. Dann teilte er uns noch mit, dass er auf seinen Bruder achten wird, der genauso wie wir untröstlich ist.

Es ist so traurig, dass es zuende sein soll. Jedes Gespräch mit ihm wurde zum Flirt, er hatte intensiven Anteil an unserem Leben. Ich erinnere mich noch an den Wortlaut des ersten Channels, als er uns vorgestellt wurde: „Der da bei euch im Sessel sitzt, das ist das Große Solarwesen, der im Zentrum der Sonne wohnt. Es ist eine große Ehre, dass er euch aufsucht. Er spricht nicht viel." Im ersten Gespräch hat er gesagt, dass wir noch oft miteinander zu tun haben und vieles gemeinsam regeln werden, aber es hat sich nicht bestätigt, dass er wenig spricht.

Wenn ich allein an das Channel-Training zurückdenke! Manches Mal dachte ich, ich halte es nicht aus. Das Training fand nur statt, wenn ich mit Sabine zusammen war und sie stützte mich im Nacken, um mir Stabilität zu geben. Einmal sagte er: „Ich nehme dich mit auf die Umlaufbahn!" Ich hatte keine Vorstellung, was das ist, erfuhr es aber bald: ein Wirbel, der so stark war, dass ich dachte, mir platzt der Kopf, dann wurde mir übel und ich bekam keine Luft mehr. Er führte mich durch alle Höhen und Tiefen meines Seins. Manchmal fühlte ich mich, als ginge ich in das Moor – immer weiter, immer weiter, bis es über mir zusammenschwappte. Solange ich atmen konnte, musste ich weitergehen. Dann sagte er: „Am dunkelsten ist die Nacht, bevor der Tag beginnt." Ich hatte große Angst und fürchtete mich, aber er beruhigte mich: „Geh weiter! Erkenne alle deine Tiefen, beleuchte deine Schattenseiten und alle Aspekte deines Seins. Nur dann kannst du sagen, du kennst dich und weißt, was in dir ist."

Seitdem lernen wir alle unsere Aspekte und das Universum kennen und bekommen allmählich eine Ahnung, was es bedeutet, dass alles eins ist. Wenn wir das mit der Einheit schon begriffen hätten brauchten wir jetzt nicht traurig zu sein.

Wir haben wertvolle Geschenke vom Solar-Logos bekommen: die Reiki-Einweihungen wurden erleichtert, unsere Energie wurde immer wieder erhöht und angepasst, und uns wurden die Seminare „Licht und Schatten" anvertraut, die er über Jahrhunderte hinweg ausgefeilt hat.

Einen Sommer lang haben wir sie vorbereitet, am Anfang nicht ahnend, was es werden soll. Es kam lediglich die Aufforderung „Besorgt euch einen Block und Kohlestifte, malt schwarz auf weiß und lasst eure Hand von mir führen." In Sabines Beisein hatte ich große Probleme, etwas zu Papier zu bringen, sie ist eine großartige Malerin, aber wir haben die Zeichen aufgemalt und die Texte dazu aufgeschrieben.

Während der Vorbereitung dieses Seminars wurde unser ganzes Leben neu gestaltet. Wir haben uns damit auseinandergesetzt, wie viele Muster wir haben und wie wir sie verlassen können. Nach und nach wurden wir unabhängiger von Äußerlichkeiten, weil wir immer mehr in uns selbst fanden. Nach der Lösung im Inneren folgte die Auflösung im Außen, und es sind viele phantastische Dinge passiert, die uns im Moment erschreckt haben, für die wir im Nachhinein aber sehr dankbar sind.

Die Sonne scheint, und obwohl ich immer noch traurig bin, bemerke ich, dass ein größer werdender Frieden in mich einzieht. Ich weiß, dass ich alles in mir habe, was ich benötige. Ich bin vollkommen und angeschlossen an die Quelle des Universums. Ich kann mir jederzeit alle Informationen holen, die ich benötige und habe immer alle Geistwesen zur Verfügung.

3 Selbstverständnis

Geliebter Solar-Logos, jetzt möchte ich aber doch noch einige Einzelheiten zum Thema Selbstverständnis wissen. Die neueste Situation hat mich derart erwischt, dass ich das Gefühl habe, nichts kann mir mehr Mut machen. Sabine kommentierte meine Zweifel mit deinem Spruch: am dunkelsten ist die Nacht, bevor der Tag beginnt.
Was soll ich tun, was ist jetzt richtig?

Hallo, meine Liebe. Der Weg zum Selbstverständnis hat viele Abzweigungen, er ist holprig und uneben und führt immer leicht bergauf, so dass man schon ein gewisses Durchhaltevermögen braucht, um ihn gehen zu können. Er führt über den Selbstwert, den jeder Mensch nur in sich findet, weil er ihm nicht von außen geliefert werden kann.

Ihr seid in einer Bewusstseinsebene, von der aus jegliche Fremdeinwirkung schädlich ist. Alles, was ihr jetzt außerhalb von euch selbst sucht, kann nicht die Kriterien für das Selbstverständnis erfüllen.

Benötigt wird in erster Linie Mut und damit eine sichere Basis, auf der Rückfälle und K.O.-Schläge abgefangen werden können. Außerdem braucht ihr Vertrauen in euch und den Kosmischen Plan.

Das Vorhandensein dieser Eigenschaften wird auf jeder Ebene geprüft und Belastungsproben ausgesetzt, und in eurer Ebene auch auf jeder Stufe. Entweder geht ihr nach dieser Probe gestärkt weiter oder ihr benötigt noch eine Schleife, weil ein Teil nicht sicher in euch wohnt.

Du wünschst dir, dass jemand dich braucht. Das lässt den Rückschluss zu, dass du dich selbst nicht ernst genug nimmst und nicht erkennst, wie sehr du dich nötig hast. Wo liegt dein Vorteil, wenn andere dich brauchen? Was nützt es dir, für andere etwas zu tun? Wird eine Sache wertvoller, wenn andere davon profitieren und nicht du?

Was bedeutet es für dich, im Beruf erfolgreich zu sein? Kannst du dich dann besser achten oder leiden? Wertet es dich auf, wenn andere dich bewundern?

Wenn andere dir dankbar sind, was passiert dann bei dir? Fühlst du dich stark?

Ich stelle diese Fragen, obwohl ich nicht möchte, dass du sie im Kopf bewegst und dort eine Lösung findest. Ich wünsche mir, dass du intuitiv erfasst, was du dir von anderen erhoffst und warum du meinst, dass es nicht denselben Wert hat, wenn du es nur für dich tust. Ich weiß, es ist schwierig, aber dich braucht jetzt wirklich niemand – n i e m a n d – mehr. Alle kommen ohne dich zurecht. Wenn jemand etwas braucht, wird er sich an dich wenden und zufrieden wieder gehen, wenn er eben dies von dir erfahren hat – nicht mehr und nicht weniger. Du machst deine Aufgabe sehr gut, wenn du dieser Person ihre Fragen beantwortest.

Du bist immer noch der Meinung, dass es nicht reicht, was du bietest an Information, Heilung, Liebe und Hilfestellung. Das ist ganz und gar nicht so, im Gegenteil, du überforderst deine Mitmenschen, weil es zuviel für sie ist.

Was erwartest du von deiner Tochter? Betrachtest du es nicht als Beweis, dass sie in ihren ersten 13 Lebensjahren so gut von dir betreut wurde, dass sie ohne dich klarkommt? Der sorgende und fürsorgende Teil deiner Mutterschaft ist nun beendet, diese Funktion haben andere übernommen. Finde heraus, welche Beziehungsform jetzt für dich und sie die richtige ist. Stelle dir die Frage, was du haben und geben willst und beobachte ihre Reaktionen. Sie liebt und ehrt dich sehr, auch ohne dass du die verschiedensten Dienstleistungen erbringst. Sie liebt dich für das was du bist und nicht für das was du tust.

Ähnlich ist es bei Sabine: warum denkst du, du müsstest mehr beitragen zu eurer Gemeinsamkeit als das, was du schon tust? Warum denkst du, es reicht nie aus und fordert einen Ausgleich? Sie hat ihre Erfahrungen gemacht wie du deine, du brauchst nichts auszugleichen, was vor deiner Zeit in ihrem Leben geschah – das ist nicht deine Verantwortung. Fühle auch hier hinein, was du für sie sein und von ihr haben willst.

Lebe spontan und in dem Bewusstsein, dass alles, was geschieht, in deinem und euer beider Sinne ist.

Nun noch einmal zum Thema Schuld. Wofür glaubst du schuldig zu sein? Sagst du nicht anderen häufig, dass niemand schuldig ist? Warum gilt das für alle, nur nicht für dich? Du trägst die Schuld mit dir herum und lässt dich von ihr herunterdrücken, damit du nicht fliegen kannst.

Was in deinem Leben geschieht und geschehen ist, wird von dir selbst bewertet, sonst hat keiner das Recht dazu. Sei dir ein liebevoller Richter und betrachte die Dinge von außen, bevor du dich mit Schuld belädst und unter der Last zusammenbrichst. Und wenn du eine Sache von allen Seiten beleuchtet hast, vergib dir und lass es hinter dir. Glaube mir, alles andere belastet dich und hilft niemandem.

Ich möchte, dass du klar siehst: du bist nicht schuldig und brauchst keinen Ausgleich zu schaffen im Leben anderer. Wenn es optimal läuft, sorgt jeder Mensch für sich selbst und teilt den anderen mit, wo und wann er Hilfe benötigt. Die Menschen in deinem Umkreis sind soweit, dass sie für sich selbst sorgen. Deine Tochter ist auf diese Zeit vorbereitet worden, und zwar von dir. Nun lebe ihr vor, was du an Erkenntnissen gewonnen hast und denke nicht aus einem schlechten Gewissen heraus, du dürftest nicht so leben, wie du es anderen ans Herz legst.

Alle Seiten in dir wie Neid, Konkurrenzdenken und Rachegedanken sind menschlich und kommen auch bei dir vor – du bist nicht heilig. Und wenn du es wärest – wichtig sind die Erfahrungen und nicht die Wahl der Mittel. Wer sagt denn, dass Neid an sich schlecht ist? Oder wer behauptet, Konkurrenz wäre nur ein übles Gefühl?

Das sind Muster in dir, wirf sie raus, sie haben keine Berechtigung mehr. Du wirst immer wieder die Erfahrung machen, dass diejenigen, die Heiligkeit predigen und anstreben, ihre Gefühle nicht zulassen können – es sei denn, sie selbst betrachten diese Gefühle als positiv. Heiligkeit ist auf der irdischen Ebene nicht erstrebenswert, hebt sie doch das Bewusstsein aus dem irdischen Bereich heraus und macht es unmöglich, Erfahrungen zu erleben.

Nun kommen wir zum Kern der Sache, deiner Sicht von dir selbst.

Du sagst, du darfst keine „niederen" Gefühle hegen, da du in Liebe leben willst. **In Liebe leben heißt nichts anderes als sich selbst und andere zu akzeptieren mit allen Licht- und Schattenseiten. Das ist es, was Gott in den Menschen gesetzt hat und die höchste Lebensregel sein sollte.**

Wie willst du anderen liebevoll nachsehen, dass sie Fehler haben und machen, wenn du es dir nicht zugestehst? Was nützt dir die ganze schöne Theorie, wenn die Praxis nicht sein darf? Misstraue denen, die zuviel von Liebe reden – beobachte, ob sie sie leben, indem sie in den Spiegel sehen und sagen: ja, auch das bin ich.

Ich hoffe, es hilft dir. Ich liebe dich sehr und begleite dich durch dieses Tal. Lass mich auch dabei sein, wenn du deine Ebene erreicht hast und die Fahne hisst.

4 Freiheit in der Gemeinsamkeit

Hallo Michael, eigentlich wollte ich heute die auf Tonband gesprochenen Texte schreiben, aber jetzt bin ich so aufgewühlt, dass es wohl richtiger ist, spontan zu schreiben.

Unser Zusammenleben gestaltet sich manchmal schwierig, weil wir ein schlechtes Gewissen haben, wenn wir einmal etwas für uns allein haben wollen. Vielleicht kannst du aus deiner Erfahrung etwas dazu sagen.

Wenn es dir recht ist, hole ich etwas aus.
Ich bin hier sehr gut aufgehoben und hätte nie gedacht, wie sehr die Körperlichkeit einschränkt. Nun habe ich die absolute Freiheit, zu tun was mir beliebt und wann es mir beliebt, ohne für den täglichen Lebensunterhalt sorgen zu müssen. Solche Dinge bewegen uns hier nicht, wir beschäftigen uns ausschließlich mit unserer geistigen Wahrheit und unserem Wachstum, was uns voll ausfüllt. Einschränkungen erfahren wir nur durch unsere eigene Begrenzung, genauso wie ihr Menschen, aber wir erleben es bewusst. Grenzen entstehen durch mangelnde Phantasie, fehlende Kreativität oder weil wir uns nicht genug zutrauen.
Das Vertrauen in uns selbst bleibt Thema, wenn die Reihe der Inkarnationen abgeschlossen ist. Es stützt sich immer mehr auf das Sein und weniger auf das Tun, mehr auf die Hingabe und weniger auf das Bedürfnis, etwas verändern zu müssen. Veränderungen lassen sich am leichtesten auf der irdischen Ebene ausführen und sind notwendig, um Wachstum zu ermöglichen. Wenn wir wieder einmal etwas tun wollen, entschließen wir uns zu einer Inkarnation.
Auch dein Leben hat sich durch und durch verändert, du hast keinen Stein auf dem anderen gelassen, um aus deinem Wust von Gewohnheiten und Mustern heraustreten zu können. Das Durcheinander setzt sich, alles ist soweit klar und sortiert, und nun merkst du, dass du wieder Gewohnheiten und Muster aufbaust, die du zur Hilfe nimmst, wenn es dir zu schwierig erscheint, den Weg weiterzugehen. Das ist menschlich und völlig normal, sogar eine wichtige Voraussetzung dafür, dass du dich auf der irdischen Ebene wohlfühlst.

Ich habe mich mein ganzes letztes Leben lang in Gewohnheiten und Mustern bewegt und mit sehr viel Kreativität und Phantasie herausgefunden, in welchem ich mich am besten verfangen kann. Zu dem Zeitpunkt fand ich es gar nicht lustig, heute weiß ich, dass ich es genau so gebraucht habe, um Wachstum zu erlangen. Das Schreiben war für mich der Motor und die Pflicht, es half mir, alles herauszulassen, was mich bewegt, und doch war es manches Mal zu schwierig, den Anfang zu machen. Genau wie du hatte ich eine Partnerin, die mich immer wieder ermuntert und meine Werke ehrlich kritisiert hat. Auf sie konnte ich mich immer verlassen in meiner Disziplinlosigkeit.

Als sie mich unerwartet verließ, bin ich gestrauchelt und habe schwerste Defekte meines Selbstbewusstseins festgestellt. Ich war der Meinung gewesen, zu wissen, was ich kann und was ich tue, aber in dem Moment ging mir der Boden völlig unter den Füßen weg. Ich musste feststellen, dass der größte Teil meines Selbstbewusstseins auf meiner Frau aufgebaut war. Was mir blieb, war wenig genug und reichte nicht zum Leben.

Damit es euch nicht so ergeht, sorgt ihr vor. Ihr habt auf der geistigen Ebene sämtliche Hilfestellungen zur Verfügung, die ihr für euer Vorwärtskommen nutzt, aber die Erkenntnisse müsst ihr selbst erarbeiten und entsprechende Veränderungen vornehmen, damit ihr es als euren Erfolg auf dem Konto „Selbstbewusstsein" verbuchen könnt.

Eure innige Verbundenheit hat zur Folge, dass ihr am liebsten gar nichts mehr getrennt unternehmen möchtet und ein schlechtes Gefühl habt, die andere vorübergehend allein zu lassen. Das ist verständlich, zumal euer Zusammensein erst seit kurzer Zeit unkompliziert ist und ihr den Wunsch habt, miteinander und füreinander zu wachsen. Aber es ist eine große Gefahr dahinter: zu starke Verbundenheit führt zu Abhängigkeit. Und Abhängigkeit ist das Gegenteil von Freiheit.

Ich kann euch nur den Rat geben, in alle Richtungen zu sehen, was Freiheit für euch bedeutet und wodurch ihr euch einschränkt, weil ihr zuviel gemeinsam macht. Findet heraus, was im Einzelnen eure persönliche Sache ist und was ihr nicht mehr teilen möchtet, um eure Freiheit zu bewahren. Natürlich müsst ihr darauf achten, die andere nicht zu kränken oder einzuschränken in ihrer Wahrheit, aber egoistisch denken müsst ihr dafür.

Ich rate es euch aus einer eigenen bitteren Erfahrung heraus, die mich viele Jahre meines Lebens gekostet hat. Es war richtig, wie es war, aber es war auch hart, und vielleicht könnt ihr den leichteren Weg gehen, der in die gleiche Richtung führt. Ich wünsche es euch. Bitte wendet euch an mich, wenn es euch zu schwierig erscheint.

5 Abnabeln

Lieber Michael, ich merke, dass ich unruhig bin und immer nervöser werde. Heute ist Mittwoch, an diesem Tag fahre ich regelmäßig zu meiner Tochter Katja. Jede Woche fürchte ich, dass sie eigentlich etwas Besseres vorhat oder vergisst, dass ich komme. Ich fühle mich dann so mies, dass ich kaum noch atmen kann.

Jetzt ist es 14 Uhr, eigentlich müsste sie längst angerufen haben. Sonst bin ich einfach losgefahren, damit es sich lohnt, aber mir sitzt noch ihr „Wie, du bist schon da? Ich habe noch gar nicht mit dir gerechnet!" von der letzten Woche in den Ohren. Warum setzt es mir jedes Mal so fürchterlich zu? Ich bitte um deine Hilfe.

Ich freue mich, dass du dieses Thema endlich ansprichst und nicht jedes Mal halb durchdrehst, weil du glaubst, es nicht aussprechen zu dürfen. Dein Kopf sagt: Eva, du hast es so gewollt, also beschwere dich nicht. Dein Gefühl aber ist in totaler Aufruhr, du bist eigentlich gar nicht in der Lage, Auto zu fahren. Es hat im Grunde gar nicht viel mit deiner Tochter zu tun, sondern mit dir allein, deshalb würde es nichts nützen, dir Verhaltensregeln anzubieten oder dir auszumalen, was Katja anders machen sollte.

Deine letzte Bastion, die der Mutter, bringt dich in den totalen Wirbel der Gefühle. Das ist natürlich, die Abnabelung dauert immer seine Zeit und hat ihre Schmerzen. Da du das Thema schon sehr früh und im Schnelldurchgang durchlebst, macht es dir Schwindelgefühle. Gehe jetzt bitte zu der Stelle in deinem Körper, die am meisten flattert.

Das ist eindeutig der Magen. Ich versuche schon die ganze Zeit, ihn durch Nahrung zu beruhigen, aber ich werde nur noch zittriger. Vom Magen aus geht eine Spirale durch den ganzen Körper, meine Knie sind weich und meine Hände zittern. Ich fühle Schwäche, Übelkeit und Verzweiflung. Ich bin aufgewühlt und total in die Ecke gedrückt. Nichts und niemand kann mir helfen, am wenigsten ich selbst.

In meinem Magen tobt ein Orkan, und wenn ich jetzt zurückdenke, war es immer so, wenn ich zu ihr fuhr. Ich dachte, es hängt mit dem Haus zusammen oder mit der Tatsache, dass ich meinem Mann begegne, aber es hat mit meinem Verhältnis zu Katja zu tun. Ich fühle mich zeitlich unter Druck und denke, es lohnt kaum noch loszufahren.

Das Zittern und Beben wird immer schlimmer, ich hypnotisiere das Telefon und denke immer: warum ruft sie mich nicht an? Was macht sie, was ist so viel wichtiger für sie als ich?

Gut. Jetzt hast du die Symptome und Zusammenhänge einmal in dein Bewusstsein geholt. Du weißt, dass das schon der erste Schritt zur Veränderung ist. Beobachte den Sturm in deinem Magen.

Im Moment habe ich das Gefühl, dass der Sturm sich etwas legt, obwohl noch nichts passiert ist. Ich habe vor meinem inneren Auge einen riesigen See, der sehr bewegt und aufgewühlt ist, aber bereits in Erwartung einer Veränderung. Das Ufer liegt entspannt da, obwohl so viel Aufruhr im See ist. Jetzt sehe ich Neptun, er winkt mir übermütig zu und gibt mir Zeichen, die ich nicht verstehe.

Du sollst dein Inneres beobachten. Sieh in dich hinein.

Der See hat jetzt nur noch eine leicht krause Oberfläche, obwohl mein Herz wie verrückt schlägt. Ich bin aufgeregt und gespannt bis aufs Letzte. Ich erkenne plötzlich die Tiefe des Sees und bin erstaunt. Warum ist er so unwahrscheinlich tief, was verbirgt er unter der Oberfläche? Ich bin neugierig, möchte eintauchen und nachsehen.

Dann tue es.

Ich bin in einer Kugel und lasse mich ins Wasser fallen. Unter mir gibt es viele Pflanzen, Fische und andere Lebewesen. Ich gehe durch die Pflanzen und komme auf den Grund, der milchig-braun ist und sehr bewegt. Ich gehe weiter unter den See. Es ist erstaunlich hell hier, obwohl kein Tageslicht mehr ankommen kann.

Hier bewegen sich hellgrüne Wesen, klein und dick. Sie sind fröhlich, necken sich gegenseitig und lächeln sich an, aber es gibt keinen Laut. Ich bin beeindruckt von dieser Form des Lebens, unter dem Wasser hatte ich sie nicht vermutet. Hier ist kein Wasser, aber auch keine Luft. Es ist still und ohne Bewegung, und doch ganz viel los. Die Wesen nehmen mich in ihre Mitte und führen mich zu einer Spirale, die wie ein großer Platz wirkt, aber steil nach unten führt.

Ich trete an den Rand und sehe hinunter, mir wird schwindelig. Die Spirale leuchtet in den herrlichsten Regenbogenfarben. Die Wesen ermuntern mich einzusteigen, und ich setze vorsichtig einen Fuß auf den ersten Teil der Spirale. Sofort beginnt eine wilde Abwärtsfahrt, die mich im Nu am unteren Ende der Spirale ankommen lässt. Die Farben leuchten über, unter, neben und vor mir, ich bin Teil dieser Farbenpracht. Ich fühle mich wohl und habe den Wunsch, diesen Frieden und die Stille weiter zu genießen.

Eine schwarze Gestalt kommt auf mich zu. Sie macht mir keine Angst, hat aber eine merkwürdig steife und unbeholfene Art, sich vorwärts zu bewegen. Es ist Pedro, plötzlich erkenne ich ihn, ich weiß allerdings nicht, woher ich ihn kenne. Ich sehe ihm ganz ruhig entgegen und bin neugierig, was er von mir will. Ich soll zu ihm kommen, aber ich bewege mich nicht. Teilweise kann ich nicht, größtenteils will ich nicht auf ihn zugehen. Ich fühle mich nicht gut dabei, denn ich sehe, wie schwer ihm das Laufen fällt. Er nähert sich mühsam. Mit jedem Schritt verliert er an Größe und Gewicht, wird immer kleiner und unscheinbarer. Ich stehe in den Farben und warte, bis er ganz herangekommen ist. Er geht mir jetzt noch bis zum Knie und sieht ängstlich zu mir hoch. Ich habe den Impuls, ihn zu schlagen. Ich hole mit einer Schaufel aus, halte aber kurz vor ihm inne, weil ich es nicht fertig bringe. Er wirkt enttäuscht. Was geht hier vor? Soll ich gewalttätig werden? Ich hebe nochmals den Arm, etwas blitzt in seinen Augen auf. Dieses Mal schlage ich mit voller Wucht zu.

Es ist wie im Märchen mit dem Froschkönig, denn aus den Resten der schwarzen Gestalt entsteht eine Lichtsäule, die schöner, heller und prächtiger nicht sein kann. Ich betrachte sie einen Moment, erkenne meine Heimat und mache einen Schritt in diese Säule. Sofort verschmelzen das Licht und die Farben, die Säule und ich zu einem Ganzen. Ich bin vollkommen.

6 Über die Liebe

Guten Abend, lieber Michael. Katja hat angerufen, nachdem die letzte
Seite gedruckt war. Ich bin hingefahren und konnte zum ersten Mal ohne Groll das Treffen mit ihr beginnen. Ich bin sehr froh, dass ich nicht die
Schuld bei mir oder ihr gesucht habe. Sie war heute anders als sonst, erzählte viel von sich, ohne dass ich fragen musste, war anhänglich und be-
tonte mehrere Male, dass sie sich freut, dass wir zusammen sind.
Ich danke dir für deine Unterstützung.

*Danke nicht mir. Ich bringe nur in dein Bewusstsein, was tief in dir selbst
schlummert, und das macht mir Freude.*
Nun möchte ich das Thema bestimmen, wenn du erlaubst.
Gern.
*Ich möchte über die Liebe sprechen, die Liebe, die ohne Bedingungen ist und
leicht fließt. In deiner Kindheit, Jugend und den Jahren als erwachsene Frau
hast du einige Formen der Liebe kennen gelernt. Liebe hat viele Gesichter,
und du hast sie dir alle angesehen, damit du sie aus dem eigenen Erleben heraus kennst. Ähnliche Erfahrungen hat Sabine gemacht, und ihr habt euch
zusammengetan, um herauszufinden, was noch machbar ist. Ihr habt in der
Erdheilung intensiv zusammengearbeitet und damit außerhalb der irdischen
Ebene die Liebe zu schätzen gelernt.*
*Die Liebe von den Wesenheiten zu den Menschen hat eine besondere Form.
Wenn in dieser Beziehung ein Druck oder Missverständnis vorkommt, liegt
es meistens an eurer — menschlichen — Enge der Sichtweise. Genauso wenig
wie ihr darauf kommen würdet, die euch begleitenden Geistwesen zu verletzen oder in die Enge zu treiben, müsst ihr fürchten, dass es euch widerfah-
ren könnte. Diese Verbindung ist innig und einzigartig, lässt sich aber nicht
übertragen auf zwischenmenschliche Beziehungen.*
*In den letzten Tagen habt ihr schmerzvoll erlebt, was es heißt, auf Abstand zu
gehen. Ihr müsst die Distanz erfahren, um jede für sich zu ermessen, was es
heißt, sich selbst zu lieben und anzunehmen unabhängig vom Urteil anderer,*

und sei es noch so nahestehender Menschen. Die einzigen. die euch zur Seite stehen und deren Urteil immer „von außen" sein wird, sind Wesenheiten, da sie nicht in die Enge des Verstandes eingebunden sind und allein aufgrund ihrer Daseinsform immer den gebührenden Abstand zu euch halten werden.

Ihr sollt nun eine neue Form der zwischenmenschlichen Liebe entdecken, in euer Herz nehmen und in eurer Umgebung „erproben".

Ihr werdet die Vorläufer sein. Wahrscheinlich werdet ihr auf Unverständnis stoßen, und ihr selbst seid auch unsicher. Da ihr aber einen gewissen Abstand voneinander habt, seid ihr in der Lage, euch gegenseitig zu unterstützen und wenn nötig Hilfestellung zu leisten. Dies ist eine Vorankündigung, mehr erfahrt ihr in Gesprächen mit euren Begleitern, die darauf warten, dass ihr euren aktuellen, sicher sehr schmerzhaften Prozess abgeschlossen habt und offen seid für etwas Neues.

7 Sicherheit

Lieber Michael, vielleicht hilft mir das Schreiben, Klarheit und Ordnung in mein Chaos zu bringen. Alles ist undurchsichtig, ich weiß überhaupt nicht mehr, wie ich agieren soll. Erstaunlicherweise haben die Vorstellungsgespräche enorme Energien in mir freigesetzt. Ist das die Alternative für mich? Keine feste Anstellung, sondern Vermittlung an verschiedene Arbeitgeber? Jedenfalls hat es mich beflügelt, ich hatte Spaß daran und kam mir wichtig vor, mit einem „richtigen" Ziel in die Stadt zu fahren. Die Vorstellungsgespräche waren leicht, ich konnte in aller Ruhe abwarten, was kommt und hatte nicht das Gefühl, ich müsste der anderen Seite die Arbeit erleichtern oder darstellen, wie toll ich bin. Es war nicht wichtig, ob ich eingestellt werde. Diese Gelassenheit hat mir imponiert.

Aber abends war alles wieder weg. Ich hatte Schmerzen im Bein und das Gefühl, rückwärts zu gehen. Ich will mir von anderen nicht vorschreiben lassen, wie ich zu leben habe. Dann kommt die Frage: ja, aber was will ich denn? Leben oder nicht? Bin ich bequem und zu schlapp, will ich mich dem Leben nicht stellen? Soll ich mir die Chance geben, es für einige Wochen auszuprobieren, oder soll ich es mir nicht antun, weil mein gesamtes Gefühl sich dagegen sträubt?

Noch nie habe ich den Zwiespalt zwischen äußerer Notwendigkeit und innerer Überzeugung so stark erlebt. Wo ist mein Mut geblieben und meine Fähigkeit, hinter mir selbst zu stehen? Wo sind meine Zuversicht und mein Vertrauen?

Jeder Satz, den Sabine sagt, verwirrt mich noch viel mehr. Sie spricht all das aus, was ich in meinem Hinterkopf verwahre und nicht hervorholen möchte, weil ich dann vollends fertig wäre.

Wieso glaube ich eigentlich, es reicht aus, halbtags zu arbeiten? Dann wäre erst einmal alles wieder klar: ich brauchte nicht mehr zum Sozialamt zu gehen und die Krankenversicherung wäre geregelt. Ich hätte genug zum Leben und könnte abwarten, wie meine Herzenstätigkeit sich weiterentwickelt und ob sich noch eine weitere Möglichkeit ergibt, den Lebensunterhalt zu sichern.

Darf ich es mir nicht leicht machen? Ich sehe schon, es geht wieder um Sicherheit und mangelndes Vertrauen. Bin ich nicht in der Lage, mir selbst und dem Göttlichen Plan zu vertrauen?
Kein Fitzelchen Sicherheit mehr? Nicht das geringste? Hilfe!

Ja, so ist es, kein Fitzelchen mehr. Und nicht erst sichern, um dann weiterzusehen, sondern weitergehen, ohne zu sichern.
Das willst du lernen.
Bis auf den Grund deines Selbst wirst du gehen, um in dir zu finden, was das Außen dir schon lange nicht mehr bieten kann. Das lässt sich nicht theoretisch erfahren, du musst voll in die Erfahrung gehen. Die Erfahrung wird dich Schritt für Schritt in die Selbstwahrnehmung, Selbsterkenntnis und Selbsteinschätzung aller Situationen bringen.
Wir verstehen deine Verzweiflung und Ängste, helfen kannst du dir aber nur selbst. Wir können dir versichern, dass der Weg richtig ist. Vertraue deinem Gefühl und lass dich nicht von äußeren Notwendigkeiten einschüchtern, auch wenn sie noch so dringend erscheinen.
Dieser Teil des Weges ist sehr schwierig, stellt er doch alles in Frage, was du bisher gelebt hast. Alles, was bisher stimmte, ist nun hinfällig geworden und alles was wahr war, ist nun unwahr. Kein Stein der Mauer, die du dir so strebsam aufgebaut hast, um dich anlehnen zu können, hält jetzt mehr. Sie brechen heraus, um dir eine bessere Sicht zu verschaffen. Am Ende wird die Mauer in sich zusammenfallen, damit sie dich nicht mehr einschränkt. Du kannst zwar fliegen, aber nicht durch eine Mauer. Und in der geistigen Welt gibt es keine Steine, es sei denn, du erschaffst sie dir.

Die Arbeit, auf die ihr euch vorbereitet, verlangt eure volle Autonomie, sie lässt keine Zweifel zu. Und da ihr nicht über Vorbilder verfügen könnt, ist es unerlässlich, auf der irdischen Ebene die Erfahrungen zu machen. Gehe weiter, Eva, gehe immer weiter, mach die Erfahrungen, die jetzt anstehen und vertraue deinem Herzen. Es kennt den Weg.
Keine Zugeständnisse, kein Fügen, kein Müssen mehr. Nur noch freie

Entscheidung. Immer das Herz und das Gefühl an erster Stelle, nie mehr der Verstand. Eingebungen folgen und spontan ausprobieren, was der Augenblick dir bietet.

Und glaube nicht, dass sich eine schnelle Lösung ergibt und du plötzlich weißt, was „richtig" ist. Heute kann etwas ganz anderes richtig sein als gestern oder morgen. Es kommt immer nur auf dich und dein Gefühl an. Die anderen können dich verwirren, aber das bedeutet auch, dass du immer wieder hineinfühlen und aufs Neue feststellen kannst, was jetzt, in dieser Sekunde richtig ist. Und schon zählt nicht mehr, was gerade eben noch stimmte. Verstehst du?

Nicht ganz. Ich möchte sofort die Lösung haben, und alles ist gut. Ich merke, dass ich Sicherheit anstrebe, wenigstens mit einer Halbtagstätigkeit, normal und dazugehörend und in der Lage, für mich zu sorgen. Immer wieder empfinde ich den Druck, mich „stellen zu müssen". Ich darf nicht ausweichen, weder einer Entscheidung noch einer Anstrengung und muss zu dem stehen, was ich gestern gesagt und getan habe. Auch das ist ein wesentlicher Sicherheitsstein, denn der garantierte mir, dass die anderen mich lieb haben und schätzen. Auf Eva ist Verlass, das ist doch was.

Ich hätte auch gern eine Antwort auf die Frage, ob ich zu der dritten Firma fahren soll. Ich überlege noch: will ich mir da etwas abholen? Kann ich es telefonisch regeln oder drücke ich mich dann?

Meine Gefühle gehen hin und her, immer schwankend zwischen Notwendigkeit und innerer Stimme. Ich halte die Notwendigkeit für einen wichtigen Teil der irdischen Realität, wo soll ich die Grenze ziehen? Wo fängt die Gleichgültigkeit, das Desinteresse am irdischen Leben an? Ich sehe keine Linie mehr, alles verwischt sich und lässt das Knäuel nur undurchsichtiger werden.

Was heißt Erfahrung? Durchstehen oder befreien? Welchem meiner Gefühle soll ich trauen? Im Moment sind es Tausende, die nicht in Einklang zu bringen sind. Alles ist Gefühl und überschwemmt mich, nichts gibt

mir mehr Ruhe oder Klarheit. Ich kann nicht einen Moment verschnaufen und sagen: aber das läuft jetzt soundso.
Ich bin gefangen zwischen meinen Gefühls- und Gedankensträngen.

So muss es leider sein, bevor es sich lichten kann. Gehe weiter und folge deinen Impulsen, ohne zu fragen, was gestern war und wie das Morgen aussehen wird. Finde dich in jeder Sekunde neu zurecht. Es gibt kein System, das Geheimnis liegt in der Aktualität. Nichts soll auf Dauer sein, alles soll spontan gelebt und erfahren werden.

Und noch etwas: deine Verzweiflung gehört dazu und sollte immer wieder Raum bekommen. Mit jedem Verzweiflungsausbruch löst sich ein kleines Stück deines alten Strickmusters, das jetzt in Etappen sichtbar wird, damit du klarer wirst. Es hilft und befreit, du wirst dich anschließend etwas leichter fühlen.

Versuche auch nicht, Bedenken oder Gefahren im Hinterstübchen zu verwahren. Lass sie alle raus, anders geht es nicht. Du kannst nichts mehr unbearbeitet in dir lassen. Hole es ans Tageslicht, du hast nichts zu befürchten. Und sieh hin, was geschieht! Durch Nichthinsehen ist noch nichts gelöst worden, es schiebt nur kurzfristig auf.

Erfahre dein Leben ohne jegliches Polster, nur du und dein Gefühl. Keine Ratschläge von Außen, keine Hand, die dich ein Stück führt. Nur deine eigene Kraft, dein Vertrauen, deine Gefühle. Und wir.

Soll ich zusehen, wie die Dinge sich entwickeln? Ohne Planung und ohne zu wissen, was ich will?

Es geht doch nicht, dass ich nicht weiß, was ich will.

Das gehört zu den effektivsten Argumenten, die du dir in den Weg stellst. Die Anforderungen an dich selbst sind so hoch, dass du sie auf gar keinen Fall erfüllen kannst, und dann kommt die Verzweiflung und der Gedanke, schwach zu sein. Damit verschaffst du dir eine kurzfristige Erholungspause, und anschließend ist die Verwirrung umso größer.

8   Die Einmaligkeit in der Einheit

Lieber Michael, das ist also die Abnabelung. Hart, schmerzhaft und unerbittlich. Gestern wollte ich mit Geistwesen nichts mehr zu tun haben.
Ich wollte allein sein, mich finden und wissen, wer ich bin. Ich möchte
wieder klarer sehen und Frieden haben.
Meine Angst hält mich davon ab, genauer hinzusehen und mich kennen
zu lernen. Ich weiß nicht genau, wovor ich Angst habe, wahrscheinlich
fürchte ich, mich nicht zu mögen oder nicht akzeptieren zu können, dass
ich bin wie ich bin. Und natürlich davor, dass andere mich nicht mehr
lieb haben. Angst vor Konkurrenz und vor Neid. Angst vor dem Leben,
das beginnt, wenn ich ungeschützt bin. Kannst du mir helfen?

*Natürlich. Du weißt, dass nicht nur du und Sabine, sondern auch wir diesen
Abnabelungsprozess vollziehen. Uns geht es ähnlich wie euch, nur ist es für uns
etwas leichter, weil wir den Gesamtraum als Aufenthalt bereits kennen. Wir
hatten nicht den Schutz der körperlichen Einengung und waren zu jeder Zeit
völlig frei in unseren Entscheidungen.*
*Jedes einzelne Wesen sollte jetzt in sich finden, was es benötigt, um sich mit an-
deren zusammenzuschließen. Es ist sicher verwirrend, denn bisher wollten wir
euch nahe bringen, dass alles eins ist und ihr euer Ego aufgeben sollt, um zu
zerfließen mit den anderen Kräften. Das stimmt auch nach wie vor, beides hat
nebeneinander Raum und Existenz.*
*Wir Wesen des Universums zeichnen uns durch Einzigartigkeit aus, und dennoch
zerfließen wir als oberstes Ziel im All-Einen, in der Gesamtheit aller Dinge, die
jemals waren und sein werden. Dieses Ziel verliert keine Wesenheit jemals aus den
Augen, und es gibt viele Wege, es zu erreichen. Die Inkarnationsreihe auf der
Erde ist ein Weg, der zwar teilweise sehr beengend empfunden wird, dafür aber
effektiver als alles, was wir hier in der Unendlichkeit haben. Gerade die Einengung durch den Körper macht es möglich, sich auf eine Sache ganz zu konzentrieren, was in der uneingeschränkten Schwerelosigkeit unmöglich ist. Die
Uneingeschränktheit ist unendlich, also auch im umgekehrten Sinn.*

Die Befreiung aus einer Abhängigkeit ist immer schmerzhaft und langwierig. In diesem Fall kann es besonders hart werden, weil die Verschmelzung vollkommen war. Ihr habt euch völlig ineinander gegeben, so wie auch wir uns vollständig in diese Gemeinschaft begeben haben. Wir alle haben die Einheit in Vollkommenheit erfahren. Nun folgt der nächste Schritt: die Einmaligkeit in der Einheit.

Wenn du den eigenen Willen aufgibst, schließt das nicht automatisch das Aufgeben der Entscheidungsfreiheit ein. Der eigene Wille ist das, was der Verstand diktiert aufgrund eigener oder Erfahrungen anderer, also eine Vorgabe der Logik. Der Große Wille ist das Befolgen der inneren Stimme und das Hineingeben in den Augenblick – ohne Vorsorge.

Glaube an dich. Glaube daran, dass du alles tun kannst, was du anstrebst. Glaube an die Unendlichkeit deiner Möglichkeiten und die Unbegrenztheit deines Geistes. Glaube an Wunder und daran, dass es bei dir ganz anders läuft als bei allen anderen.

Versuche, noch mehr als bisher dein Gefühl und deine Spontaneität zu leben. Die Phase ist schwierig, sie lässt sich aber nicht erleichtern oder umgehen. Es gibt nur den Weg der Erfahrung.

Du bist reif und hast alles in dir, also nimm deine Ängste wahr und geh den ersten Schritt. Lasse dich nicht beeindrucken von dem, was vorher war oder was du gestern gedacht hast, sondern gib jeder Sekunde deines Lebens die Chance, dich neu zu gestalten und von vorn anzufangen. Du wirst sehen, du findest deine Ruhe und Zufriedenheit wieder.

Du weißt, du bist nicht allein.

*

Lieber Michael, das war die hässlichste und heftigste Auseinandersetzung, die Sabine und ich je hatten. Es war so viel Verzweiflung und Angst in unseren Worten und Aktionen, dass es mir unheimlich war. Und doch, als alles gesagt war und alle Tränen heraus waren, konnten wir normal miteinander reden.

Nun schmerzt mein Nacken und ich fühle mich schlecht.
Was ist eigentlich Hass?

Hass ist die Rückseite der Liebe, untrennbar mit ihr verbunden. Wenn du liebst, hasst du automatisch auch. Der Hass schließt immer die Liebe mit ein und hat seine eigene Sprache und Ausdrucksform. Er lässt neben sich nichts gelten, er fordert die gesamte Persönlichkeit und kann sich nicht beschränken auf eine Tatsache oder ein Gefühl, genau wie die Liebe ist der Hass umfassend. Weder der Hass noch die Liebe lässt sich auf bestimmte Bereiche einengen. Viele versuchen, etwas auszuklammern, das gelingt aber nicht.

Die Liebe zu fühlen heißt, den Hass mit einzubeziehen. Je inniger und tiefer die Liebe, desto stärker kann der Hass sein, der parallel abläuft. Das ist der Grund, weshalb Menschen aus Liebe oder Hass – es spielt keine Rolle – schreckliche Dinge tun, die sich selbst niemals zugetraut hätten und mit denen sie auch allergrößte Verarbeitungsprobleme haben.

Auch ihr beide habt heute festgestellt, wozu ihr in der Lage seid, wenn kein Ausweg bleibt. Die Auseinandersetzung ist aus unserer Sicht hervorragend gelaufen, allerdings habt ihr noch einen Teil zurückgehalten.

Ihr glaubt, das Thema hätte nichts mit der Abnabelung zu tun, aber es ist ein wesentlicher Teil davon. Es geht um eure Sicherheit.

Dein Nacken schmerzt, weil du dich weigerst, die Dinge von einer anderen Seite zu betrachten; immer noch versuchst du, andere zu verändern. Aber wesentlich ist noch ein dritter Aspekt: du bist nicht bereit, deine Schuld loszulassen. Sie hält dich umklammert und macht es dir unmöglich, in alle Richtungen zu sehen. Sie zeigt dir schmerzhaft, dass sie noch Teil von dir ist. Gib deine Schuld einfach her, du hast lange genug an ihr getragen.
Ich merke nicht, dass ich sie festhalte.
Warum tue ich das, habe ich irgendwelche Vorteile davon?
Ja. Deine Schuld oder vielmehr dein Gefühl, an allem schuld zu sein, hilft dir, innere Sicherheit zu bewahren. Du denkst, wenn du für andere Schuld übernimmst, haben sie dich weiter lieb und wenden sich nicht von dir.

Ein Trugschluss. Oder hast du jemals festgestellt, dass jemand bei dir geblieben ist, weil du seine Schuld getragen hast?

Ich weiß es nicht. Das Thema überfordert mich.

Was kann ich tun, um sie loszulassen?

Gib sie einfach auf. Lass alles los, was dir in dem Zusammenhang begegnet, das Leben zeigt es dir. Gib der Schuld die Freiheit und nimm dir damit den Schmerz. Versuche es.

9 Unterdrückte Gefühle

Lieber Michael, die Nacht war schwer, schwer bin ich aufgewacht und
hatte nur schwere Dinge in Erinnerung. Als ich Sabine Teile aus meinem
Traum erzählte, sagte sie nur: du hast deine Gefühle unterdrückt.
Stimmt. Ich habe Angst vor Gewalt in meinen Gefühlen und davor, mich
fallen zu lassen und zu genießen. Die Angst hat mich fest im Griff, sie
zwängt mich ein und lässt alles andere nebensächlich erscheinen. Ich bin
gestern abend, als ich nicht einschlafen konnte und mich total unwohl
fühlte, gar nicht darauf gekommen, dass es einen Zusammenhang geben
könnte zwischen meinen unterdrückten Gefühlen und der Tatsache, dass
ich nicht einschlafen konnte, obwohl ich sehr müde war. Und schwer.
Jetzt erst wird mir bewusst, dass die Schwere viel mehr wiegt als die Konsequenz, die eine Hingabe an meine Gefühle haben könnte.
Aber werde ich mich beim nächsten Mal trauen?

*Das kann ich dir auch nicht sagen, aber vielleicht ist dir dann diese Nacht in
Erinnerung und du fürchtest die Schwere mehr als die möglichen Konsequenzen aus der Hingabe an deine Gefühle. Die Angst ist gewachsen, und zwar
nicht aus dir selbst heraus, sondern weil du fürchtest, Sabine könnte dich
nicht mehr lieben, wenn du dich zeigst wie du bist. Diese Angst, die du in
vielen anderen Bereichen bereits hinter dir lassen konntest, spielt in eurer Beziehung noch eine große Rolle, deshalb ist der Abnabelungsprozess, der täglich neu vollzogen wird, so mühsam.*
*Setze dich noch einmal mit deiner Angst auseinander, du könntest Sabines
Liebe verlieren, aus welchen Gründen auch immer.*
Hole dir ein Bild heran.

Der Boden um mich herum ist wie Lava, es brodelt und blubbert an einigen Stellen. Alles ist dunkelgrau und bedrohlich. Ich gehe langsam und
vorsichtig und taste den Boden ab, bevor ich einen Schritt setze. Wenn
ich an die blubbernden Löcher gerate, ziehe ich schnell den Fuß zurück.

Ich sehe keine Sonne und keinen Himmel, ich blicke nur nach unten und konzentriere mich auf jeden Schritt. Bisher habe ich es noch nicht riskiert, nachzusehen, was unter den Luftblasen ist. Jetzt nehme ich eine Taschenlampe und leuchte eines der Löcher aus. Es ist tief, hohl und dunkel. Ich rufe hinein: Liebst du mich?
Das Echo antwortet: ich? ich? ich? ich?

Gestern wollte ich den ganzen Tag über fragen, ob sie mich liebt. In Wirklichkeit wollte ich wahrscheinlich von mir selbst wissen, ob ich mich liebe. Immer wenn ich mir das klar machte, wurde mir schwindelig.
Warum frage ich immer? Warum vertraue ich mir nicht?
Ich fange das „ich" aus dem Echo auf und betrachte es näher. Es ist dunkelblau und schmilzt in meiner Hand. Die Buchstaben a l l e s formen sich daraus, die Farbe wechselt in ein helles Grün.
Liebst du alles? Wer – ich?
Ich versuche, die Antwort in mir zu finden. Liebe ich alles? Es wird gelborange in meinem Solarplexus. Ich bündele diese Farbe und lasse sie in das Loch gleiten, und sofort wird alles grün. Büsche, Bäume, Gras und Blumen beginnen zu sprießen. Ich gieße mit meiner Kraft, das Loch hebt sich und es wird eine ebene Fläche daraus. Soweit ich blicke, sehe ich jetzt Grün, Klarheit und Frieden. In jedem Grashalm sehe ich Sabine und mich, jeder Baum und jede Blüte zeigt uns. Alles sind wir, eingehüllt in eine rosa-gelbe Aura.
Alles ist Liebe.
Sofort erscheint der Gedanke: wenn es doch wahr wäre! Seitdem ich zur Bank gegangen bin mit tollen Vorsätzen im Kopf, klar bei mir zu bleiben und wie eine Geschäftspartnerin aufzutreten anstatt als Bittsteller, fürchte ich die Praxis, die der Theorie folgt. Ich möchte gern sicher sein, dass ich in der Lage bin, diese herrlichen Phantasien ins Tagesgeschehen zu integrieren, ich möchte die Kraft aus den Bildern zur Verfügung haben, wenn ich die Praxis lebe. Verstehst du?

Ich verstehe, was du meinst. Es gibt eine einfache Methode, wie du deine Kraft wiederbeleben kannst. Wenn Zweifel kommen, ob du in Ordnung bist und ob diese Situation dazu beiträgt, dass du wächst, hole dir das Bild wieder heran. Es spielt keine Rolle, ob die grauen Löcher vor deinem inneren Auge erscheinen, das gelb-orange aus deinem Solarplexus oder das Grün, das du zum Schluss wahrgenommen hast. Wichtig ist, dass du die Bilder und Farben zur Hilfe nimmst. Willst du es versuchen?

Ja.

Es gibt da noch eine Sache, die ich gern mit dir besprechen möchte. Es geht um meine innere Rechtfertigung. Wenn ich nicht aufpasse oder im Gespräch mit anderen bin, spult sich ein ständiger innerer Monolog ab. Es fällt mir sehr schwer, ihn für einige Momente zu unterbrechen und es gelingt mir überhaupt nicht, ihn abzustellen.

Zum Beispiel als ich gestern draußen am Fegen war, setzte ich mich damit auseinander, dass einige Nachbarn mich nicht grüßen. Ich spiele ständig Gespräche durch, in denen ich angegriffen werde, lege mir Konzepte und Sätze zurecht, was ich in welchem Fall antworten würde, verteidige mich und mache mich damit ziemlich fertig. Dabei ist gar nicht damit zu rechnen, dass mich jemand anspricht, geschweige denn offen angreift, dafür sind die meisten Menschen – ich eingeschlossen – doch viel zu feige. Was kann ich tun, um diesen ständigen Druck, diese ununterbrochene Selbstbestrafung zu beenden?

Auch das ist ein Prozess, ein Weg mit vielen kleinen Schritten. Du bist schon gut auf dem Weg, gehe ihn weiter. Erwarte keinen Erfolg und kein „na endlich, nun ist es vorbei", so wird es sich nicht darstellen. Unbemerkt und leise verabschiedet sich eine Rechtfertigung nach der anderen aus deinem Leben. Lass sie gehen und konzentriere dich auf das Hier und Jetzt.

Der innere Dialog hat noch ganz viel mit deinem Sicherheitsstreben zu tun. Du möchtest sicher sein, dass man dich versteht.

Du kannst allerdings sicher sein, dass keiner dich versteht.

Wichtig ist, dass du hinter dir stehst bei allem was du tust. Du bist das Maß aller Dinge. Und so wie du eine Situation oder Person einschätzt, ist sie in deiner Wahrheit.

Du hast den gröſsten Teil deines Lebens damit verbracht, andere einzuschätzen, deren Ziele zu erraten und dabei zu helfen, sie zu verwirklichen. Du selbst bist dabei stets zu kurz gekommen, es war keine Zeit und Energie mehr übrig, um dich mit dir selbst zu beschäftigen. Wenn jemand so extrem in andere Personen investiert hat wie du, ist es auch besonders mühsam, sich selbst zu entdecken und darin den Sinn des Lebens zu erkennen.

10 Anders zu sein ist ein Geschenk

Guten Tag, lieber Michael, gerade beschäftigt mich wieder die Frage, warum ich immer erreichen will, dass man meine Vorgehensweise versteht und nachvollziehen kann. Ständig rechtfertige ich mich und möchte verstanden und entschuldigt werden.

Die Katze ist draußen, ich kann sie schon länger nicht mehr sehen. Es war nun schon die zweite Nacht, in der sie im Haus war und die merkwürdigsten Geräusche von sich gegeben hat. Es fühlt sich an, als hätte sie etwas im Hals stecken und dadurch Atemprobleme. Wir haben sie intensiv behandelt, daraufhin ist sie auch eingeschlafen, aber heute morgen war das Röcheln wieder da.

Ich weiß, dass es nach einer Behandlung erst einmal schlimmer werden kann und dass wir nicht viel tun können. Trotzdem habe ich ein schlechtes Gefühl, weil ich sie nicht sehen kann. Ich denke, Sabine könnte mir Vorwürfe machen, wenn sie nicht wiederkommt. Es ist blöd, natürlich weiß sie wie ich, dass man eine Katze nicht einschränken kann.

Mein Kopf sagt: mach dir keine Gedanken, du kannst nichts tun.

Mein Bauch sagt: ich bin verantwortlich und muss rechtfertigen, was heute Vormittag geschieht, weil Sabine nicht hier ist. Nein, es ist nicht mein Bauch, sondern etwas, was tiefer sitzt. Ist es meine Verantwortungs-Stelle? Meine Überverantwortung für alles und jeden, die ich mir im Laufe meines Lebens antrainiert habe?

Warum ist es für mich immer noch so wichtig, was andere von mir denken und ob sie mich verstehen? Warum wende ich so viel Energie auf, um anderen zu erklären, wie etwas zustande kam und weshalb ich was getan habe? Warum kann ich nicht das Gestern ruhen lassen und jeden Tag von Neuem beginnen? Liegt es daran, dass ich mir selbst nicht verzeihen kann?

Und woher kommt plötzlich meine Schüchternheit? Ich hatte sonst nie Probleme, auf andere zuzugehen und mich ihnen mitzuteilen, Dinge offen zur Sprache zu bringen und so gut wie möglich zu klären.

Fragen über Fragen, und ich glaube, es hat alles eine einzige Ursache: Verzeihen. Warum fällt es mir so schwer, mir selbst und anderen zu verzeihen? Mir zu verzeihen würde bedeuten, dass ich etwas vergesse, ohne mich zu verurteilen für mein schlechtes Gedächtnis.

Es würde bedeuten, dass ich das Gestern hinter mir lassen könnte, ohne mich schlecht zu fühlen, weil andere denken könnten, ich sei undankbar.

Es würde bedeuten, dass ich frei wäre von der Schuld der Existenz.

Ich frage mich, ob diese Dinge nur bei mir so stark ausgeprägt sind oder auch bei anderen eine große Rolle spielen. Im Zusammensein mit anderen stelle ich fest, dass sie genauso ihre Schutzmechanismen haben wie ich, und ich glaube sie durchschauen zu können. Ein Mechanismus, der mir gestern aufgefallen ist, ist das Pokerface: bloß nichts anmerken lassen und so tun, als würde die Sonne immer scheinen. Wenn andere dann offen ihr Problem ansprechen, gütig darauf eingehen und sich selbst hübsch bedeckt halten.

Oh Mist – habe ich so gelebt? War das ein Nebeneffekt bei meiner ehrenamtlichen Dauertätigkeit: alles kann dienen, damit ich nicht zu mir selbst komme?

Junge, Junge, das ist ein Hammer. Dann war also alles Ablenkungsmanöver und Schutz. Nun habe ich diesen Schutz abgelegt, dadurch fällt er mir bei anderen auf. Ich bin ehrlich und sage heraus, was ich fühle, und andere verhalten sich genauso wie ich es getan habe: sie halten sich ihren Schutz vor und beschäftigen sich lieber mit mir. Alles zur Beruhigung?

Kannst du dazu etwas sagen?

Wichtig ist bei diesen Überlegungen, dass du dir klar machst, wie notwendig und richtig es war, solange du es aufrechterhalten hast. Nun ist der Zeitpunkt gekommen, es hinter dir zu lassen, aber die Gefahr ist groß, dass du mit deinem Muster reagierst, nämlich dich schlecht zu fühlen mit dem, wie du gestern warst. Das verhindert, dass du aus dem Kreislauf aussteigen kannst. Geh weiter, wir werden sehen.

Im Moment sehe ich noch nichts.

Stell dir vor, gerade kommt die Katze nach Hause mit einer Maus.

Bei dem Gespräch mit einer Freundin heute morgen ist mir aufgefallen, dass sie zwar von sich erzählt hat, aber nur Schönes. Alles entwickelt sich und sie kommt voran. Sie hat eine Menge zu tun, aber es ist positiver Stress. Sie ist glücklich und zufrieden. Ich traue dem Frieden nicht. Ich habe den Eindruck, dass sie mir gegenüber (und vielleicht auch sich selbst gegenüber) nicht ehrlich war. Es ist ihr gutes Recht, ich nutze meinen Selbstschutz auch, wenn ich nicht mein Innerstes öffnen möchte.

Jetzt hat die Katze die Maus verspeist und wirkt nicht im Geringsten beeinträchtigt. Sie sitzt direkt vor meinem Fenster, um sich zu putzen.

Wo ist der Haken?

Bei anderen siehst du ziemlich klar, während du bei dir selbst oft ein Brett vor dem Kopf hast.

Ich möchte dazu etwas weiter ausholen: eure Gesellschaft hat den Anspruch, alle Menschen möglichst pflegeleicht und in Einheitsform zu prägen. Kleinkinder werden schon darauf gedrillt, lieb das Händchen zu geben und sich artig zu bedanken, weil es sich so gehört (das ist das einzige Argument, jedes „warum?" wird abgewehrt). Das setzt sich fort, im Kindergarten und in der Schule lernt man, Rücksicht zu nehmen und möglichst nicht aufzufallen. Alle sind dem gleichen Druck ausgesetzt und halten diese Lebensform für die einzige. Tritt man dann in die Arbeitswelt ein, lernt man zuerst, den Mund zu halten und das zu tun, was immer alle getan haben. Ein Lehrling wird selten dafür gelobt, dass er Vereinfachungs- oder Verbesserungsvorschläge macht.

Nun sind genügend Jahre vergangen, um die meisten Menschen abstumpfen zu lassen, sie fügen sich in ihr Schicksal. Was zählt, ist das Argument: du bist zu jung, wir wissen es aufgrund unserer Erfahrung besser. Der Mensch existiert also eine Weile so vor sich hin, regt sich immer wieder über dieselben Unzulänglichkeiten auf und fühlt sich nicht in der Lage, etwas zu ändern.

Alle sitzen in ihrem Muster-Gewohnheit-Resignations-Karussell.

Jetzt muss ein Anstoß von Außen kommen, damit sie nicht in einer Sucht versinken, weil alles hoffnungslos ist. Die Opferrolle ist übrigens die stärkste Sucht, die aber oft als solche nicht erkannt wird. Der Anstoß wäre eine Krankheit, die zur Umkehr zwingt (oder in der Resignation und damit im Abschied von dieser Welt endet), die dramatische Veränderung der bisherigen Lebenssituation oder der Verlust eines geliebten Menschen. Dadurch bringt ein Mensch die Kraft auf, sich aus diesem Kreislauf zu befreien.

Gehen wir einmal davon aus, dass es dem größten Teil der Menschheit so ergeht: alle leiden, dulden und halten aus. Begründungen gibt es genug, jeder versteht, dass man nichts ändern kann. Man trinkt sich einen an, sucht Zerstreuung und Freude in Hobbys und Zusammenkünften mit anderen.

Das Leben schreitet voran, Gespräche beschränken sich auf das Wetter, Kochrezepte und die Gesundheit oder besser gesagt Krankheiten. Dieses Prinzip wird von Generation zu Generation weitergegeben. Einige, die es besonders schlecht hatten, geben an ihre Kinder das genaue Gegenteil weiter mit der Erklärung, das Kind solle es einmal besser haben. Sie machen zwar alles anders als ihre Eltern, da sie aber in den meisten Fällen mit enormem Druck arbeiten, um dem Kind zu zeigen, dass das Gegenteil dessen, was sie selber leben, richtig ist, ist die Folge für das Kind genauso schwerwiegend.

Nun stell dir vor, jemand hat sich eingerichtet in seinem Schicksal, hat eine relative Zufriedenheit erreicht und möchte beschaulich darin baden, dass er ja schließlich nichts dafür kann und nicht verantwortlich ist, weil die äußeren Umstände nicht besser sind. Ein immer wieder gern genommenes Argument: „Also, ich würde ja gern etwas ändern, aber was dann wohl mein Mann / meine Frau / meine Kinder / mein Pastor / meine Nachbarn / Schwiegereltern usw. sagen?"

Da spaziert so ein Aufmupf daher wie du einer bist und sagt den Leuten mit schlichten Worten: „wenn du wirklich anders leben willst, dann tu etwas dafür."

Das würde ja bedeuten, dass sie selbst die Verantwortung übernehmen und tragen müssten. Sie könnten sich nicht mehr hinter „Höherer Gewalt" verbergen und zur Rechtfertigung sagen, sie könnten nichts dafür. Das ist alles andere als bequem und höchst unerwünscht.

Man tut sich dann mit anderen zusammen und ist sich einig, dass dieser Mensch völlig überkandidelt ist. Sie erklären dir, dass du deine Ansichten verkehrt sind, denn – schau dich mal um: alle leben so wie sie, nicht wie du. Du solltest dich zurückverändern in die, die bequem und gerngesehen war, solange sie nicht darauf bestand, dass man selbst etwas ändern soll.

Fragst du dich immer noch, warum du allein stehst? Ist dir jetzt klarer, warum viele dann lieber zurückkehren in das Gewohnte, weil sie es nicht ertragen können, immer außerhalb der Gemeinschaft zu sein?

Du brauchst keine Hoffnung zu haben, dass du verstanden wirst. Sie wollen nichts verändern, das hast du bei deinen Ernährungsgesprächen immer wieder erlebt. Was die meisten wollen, ist eine Blitzdiät, in 2 Tagen 50 Pfund abnehmen, ohne auf etwas zu verzichten oder gar eine Veränderung vornehmen zu müssen. Was du anbietest, ist höchst unbequem und gar nicht geeignet, weiter die Schuld bei anderen und im System zu suchen und im „Du-musst-schon-entschuldigen-aber-ich-kann-nicht-anders" zu verharren.

Bevor du gelernt hast, dich selbst und deine Gefühle ernst zu nehmen, warst du eine von ihnen, zwar schon immer etwas kritischer, aber mit dem Anspruch, dass dich alle lieb haben und verstehen. Du hast zur Unterhaltung beigetragen und es war immer wieder erfrischend, deine Ansichten zu hören, das hatte jedoch mit dir zu tun. Da du nicht in der Lage warst, in deinem Leben die erforderlichen Änderungen vorzunehmen, hast du es anderen auch nachgesehen, dass sie es nicht tun.

Nun ist deine Situation eine andere: du hast alles verändert. Deine neue Schüchternheit lässt sich auch damit erklären, dass du jetzt zaghaft feststellen möchtest: hat mich denn jetzt noch einer lieb oder nicht? Werde ich auch so akzeptiert, wie ich jetzt bin? Dir begegnet sowohl Akzeptanz als auch Ablehnung, und zwar meistens anders, als du vermutet hast. Mit jeder Begegnung wirst du ein wenig klarer und erkennst, dass du dich nicht vom Urteil anderer abhängig machen solltest.

Ich bin sehr beeindruckt. Ist es auch ein Thema deines Herzens?

Ich habe mich mein ganzes Leben gequält mit diesen Dingen – ich wusste, ich bin ganz anders und wollte doch dazugehören. Jetzt bin ich ausgesöhnt, und ich wünsche mir, dass du es schon zu Lebzeiten annehmen kannst: anders zu sein heißt nicht schlechter oder besser zu sein, sondern einfach anders.

Und anders zu sein ist ein ganz besonderes Geschenk!

11 Muttersein und Gebrauchtwerden

Lieber Michael, ich möchte mir zugestehen, dass es in Ordnung ist, wenn ich in meinem Buch die Hauptrolle spiele. Ständig kreist mir im Kopf herum, dass es nicht richtig ist, nur über mich und meine Gefühle zu berichten, wo doch Sabines und auch Katjas Gefühle eine große Rolle spielen. Aber Sabine hat Recht, wenn sie sagt, dass ich nur über meine Gefühle berichten kann, da nur ich selbst sie fühle.

Das Buch wird dir leichter von der Hand gehen, wenn dieser Druck entfällt. Ich freue mich, dass es so schnell vorangeht mit den Einsichten und Erkenntnissen. Berühmt wirst du nicht werden, es wird immer eine kleine Gruppe von Fans deiner Bücher geben, aber mach dir nichts daraus. Ruhm hat auch viele Nachteile, das weiß ich aus eigener Erfahrung, denn dann muss man den Lesern etwas Neues bieten, das möglichst das Vorherige übertrifft. Mach so weiter und sei froh, wenn du nicht ständig befragt wirst, ob und wann das nächste Buch fertig ist.
Nun lass uns sehen, wie es heute läuft, ich bin ganz gespannt!

Mutter sein – wie habe ich es mir eigentlich immer vorgestellt, und wie ist es dann tatsächlich gelaufen? Natürlich hatte ich romantische Vorstellungen von dem absoluten Glück, von dem andere mir berichtet hatten. Ich konnte mein Glück auch kaum fassen, als ich mein Baby im Arm hielt, aber es gab auch Tage und besonders Nächte, in denen ich überfordert war. Warum ist sie jetzt nicht zufrieden, warum weint sie, was kann ich noch für sie tun?

Eins war mir damals schon klar: alles, was ich versäumt hatte in meiner Kindheit, sollte mein Mädchen bekommen, und zwar im Überfluss. Sie sollte keine harten Erfahrungen machen müssen und sich immer meiner Liebe und vollen Aufmerksamkeit sicher sein.

Und nun ist unsere gemeinsame Zeit vorbei. Viel eher als ich geglaubt hätte, musste ich mich von meiner Tochter abnabeln und feststellen, dass sie wesentlich zu meinem Wohlbefinden beigetragen hat. Nicht nur weil sie ist wie sie ist, sondern auch weil sie mich brauchte. Sie brauchte mich oft, anfangs immer, und gab mir das Gefühl, wertvoll zu sein.

Jetzt lebe ich hier in einer wunderbaren Umgebung und brauche mich nur um mich selbst zu kümmern. Ich habe viel Muße für die Dinge, die mir wichtig sind und Spaß machen, und so habe ich es mir immer gewünscht. Alles hat sich erfüllt: zwei Zimmer für mich allein, Freiheit, viel Zeit für meine Interessen, Ruhe und das Zusammensein mit dem Menschen, den ich liebe.

Natürlich fehlt mir Katja zu meinem absoluten Glück, aber jetzt sehe ich: was mir noch fehlt, ist die Tatsache, dass mich jemand braucht. Dieser Satz tut weh und geht voll ins Herz. Warum bin ich mir nicht genug? Wie kommt es, das wir Menschen abhängig davon sind, dass andere uns brauchen?

Als ich hier einzog, haben Sabine und ich versucht, uns gegenseitig zu bemuttern und zu verwöhnen. Ich war immer bestrebt, Sabine zuvorzukommen und ihr Dinge abzunehmen, von denen ich wusste, dass sie sie nicht gern tut. Ich wollte ihr die Wünsche von den Augen ablesen und erfüllen, bevor sie ihr so richtig bewusst waren. Das hat mich sehr gefordert, ich war Tag und Nacht damit beschäftigt, dieses mir selbst auferlegte Gelöbnis zu erfüllen. Ich merkte nicht, wie sehr es mich und unsere Beziehung belastete.

Nach und nach erfuhr ich dann, dass es Sabine gar nicht recht ist, wenn ich ihr zuvorkomme. Nun ist mir klar, dass ich versucht habe, mein Gefühl von Gebrauchtwerden und Bemuttern auf Sabine zu übertragen – und sie auf mich.

Unsere Töchter beweisen uns täglich, dass sie uns nicht mehr brauchen und unsere Männer kommen ohne uns klar. Andere Leute gibt es in unserem Umfeld nicht, die auf unsere Hilfe angewiesen sind. Ich habe mich also auf Sabine gestürzt als Empfängerin meiner Liebe und meiner Fürsorge. Sie hat sich gewehrt, weil es sie einschränkt in ihrer Freiheit, genau wie ich mich eingeengt fühle durch zuviel Bemuttern. Schließlich haben wir zum ersten Mal in unserem Leben Zeit und Muße, uns mit unseren wahren Wünschen und Gefühlen zu beschäfigen – das möchte Sabine bestimmt genauso auskosten wie ich.

Mir bleibt also nichts übrig, als mich auf mich selbst zu konzentrieren und mich selbst zu bemuttern. Warum ist das so schwer? Warum wehre ich mich dagegen, das als die Aufgabe zu betrachten, die mich rund um die Uhr beschäftigt?

Du bist einem sehr tief sitzenden Muster auf der Spur, das geprägt wurde durch Vorbild, Erziehung und Gesellschaft.

Wie kann ich mich da herauszuziehen, ohne Schaden zu erleiden?

Diese Frage wird dich noch einige Zeit beschäftigen. Anstatt es als Problem zu betrachten, könntest du allerdings mit dem Elan einer Herausforderung an die Sache gehen. Du weißt ja, wie es läuft: Das Leben bietet dir Situationen an, anhand derer du erkennen kannst, wo du stehst und welche Dinge noch neu entschieden werden sollten. Nur Mut!

12 Dankbarkeit

Lieber Michael, nun wohne ich hier schon seit einem halben Jahr und bin im Grunde sehr zufrieden, aber heute fühle ich mich mies. Was hatte ich für Ideale, wie toll habe ich es mir vorgestellt und wie wunderbar sollte alles sein, wenn mein Hauptwunsch in Erfüllung geht, dass wir zusammen leben können. Im Moment empfinde ich mich als undankbar, und dieses Gefühl begleitet mich, solange ich zurückdenken kann. Ich nehme mich zurück, kann meine eigenen Interessen nicht mehr wahrnehmen und fühle mich schrecklich, wenn nur das Wort Undankbarkeit auftaucht. Was kann ich tun, um mich aus diesem Käfig zu befreien?

Das ist ein sehr komplexes Thema, zu dem wir in eine andere Ebene gehen sollten, damit du verstehst, worum es geht. Konzentriere dich auf ein blaues Dreieck. Lass es entstehen und in die Ferne schweben, dann folge ihm.

Das Dreieck taucht in rot, gelb und orange. Es zieht mich in Richtung Meer, ich stürze hinein und tauche unter. Ich bekomme keine Luft und mein Herz schlägt wie wild. Ich versuche, wieder nach oben zu gelangen, aber es dauert ewig, bis das Wasser heller wird und ich mich der Oberfläche nähere. Endlich bin ich oben und kann wieder Luft holen.
Ich sehe eine Insel in der Sonne liegen und bewege mich darauf zu. Ich schwimme nicht, es ist ein leichtes Gleiten, als würde ich von einer unsichtbaren Hand geführt.
Der Strand, an dem ich lande, ist ein Paradies mit herrlich weichem Sand. Ich setze mich hin und betrachte das Wasser, das im schönsten Blaugrün schimmert und die Sonnenstrahlen auffängt und zurückwirft. Endlose Weite, friedliche Stille.
Nun mache ich mich auf, um die Insel zu erforschen.
Ich sehe keine Pflanzen und keine Lebewesen, nur Sandhügel. Ich gehe auf den ersten zu, um mir einen Überblick zu verschaffen. Ich schwebe mehr als ich gehe, und so komme ich ohne Mühe auf die Spitze des Hügels.

Auch hier Weite und unendlicher Frieden. Die Sandhügel setzen sich fort, sie haben unterschiedliche Farben – wie in deiner Unendlichen Geschichte. Die Farben sind faszinierend und unbeschreiblich schön, ich erfreue mich an dieser Pracht.

Auf einmal sehe ich am Horizont das blaue Dreieck. Ist es das Zeichen, dass ich zurückkehren soll? Einen Augenblick möchte ich noch genießen, was diese Landschaft mir schenkt. Danke.

Das Dreieck nimmt mich auf und bringt mich zurück an meinen Computer. Ich bin wieder da, voller Dankbarkeit und Freude.

Damit wären wir am Punkt: konzentriere dich auf Dankbarkeit, wenn du das Gefühl der Undankbarkeit hinter dir lassen möchtest. Das heißt aber nicht, dass du dich von morgens bis abends erinnern musst, dass du dankbar sein solltest, du sollst nur sehen, was an Schönheit um dich ist. Wenn du deine Erwartungen loslassen kannst, fällt es umso leichter, die Dankbarkeit zu fühlen und zu leben.

Kann ich dazu noch etwas fragen?

Natürlich, dafür findet ja dieses Gespräch statt.

Heute morgen habe ich mich damit beschäftigt, dass ich noch einmal zum Sozialamt gehen muss. Ich fühle mich als Opfer und möchte am liebsten auf alle Leistungen verzichten, aber es geht nicht, ich kann nicht existieren, weil ich keine Arbeit finde. Ich weiß, es ist sicher undankbar – da haben wir es wieder – aber warum bin ich nicht in der Lage, für meinen Lebensunterhalt zu sorgen? Sind denn nicht irgendwann einmal die Bedingungen erfüllt? Und warum kommt keiner zu mir als Heilerin? Ich vervollkommne ständig meine Fähigkeiten und habe viel zu geben.

Die Fragen müssten anders gestellt werden. Es ist nicht so, dass keiner deine Dienste will, es ist eher so, dass du die Leute von dir hältst, weil du noch Unsicherheit ausstrahlst. Diese Unsicherheit hängt mit dem Wort „dürfen" zusammen. Ist dir einmal aufgefallen, wie oft du fragst, ob und wann du etwas „darfst"?

Wer hätte die Macht, dir zu erlauben oder zu verbieten, was du tun willst?

Wann wirst du dieses Wort endgültig aus deinem Vokabular streichen, um es zu ersetzen durch „wollen"? Ich kenne deine Geschichte, und nicht nur in diesem Leben hattest du einen starken Faktor, dem du dich untergeordnet hast, weil du spürtest, dass dein Widerstand gebrochen würde. Geh jetzt den Weg ein einziges Mal zuende, und du wirst eine verblüffende Erfahrung machen. Willst du?

Ja, obwohl mir im Magen ziemlich schummerig ist.

Was muss ich tun?

Achte zunächst auf deine Wortwahl, also verbanne das Wort „dürfen" völlig aus deinem Leben. Und beobachte in den nächsten Tagen, was dich wirklich abhält, das zu tun, wonach dir ist: ist es eine andere Kraft, der du mehr vertraust als dir selbst? Oder ist es eine Kraft in dir, die dich immer wieder in deinen Käfig der scheinbaren Sicherheit drückt?

Du brauchst es nur zu beobachten, es ist nichts zu tun. Und dann mache deine eigenen Erfahrungen. Lass dich nicht einschränken, weil du denkst, jemand anders wüsste es besser als du oder hätte schon Erfahrungen auf dem Gebiet. Wenn du spürst, dass etwas gut für dich ist, dann nimm es in Angriff, lass es geschehen und beobachte, was es dir bringt.

Das ist Leben, Leichtigkeit und Schweben in der irdischen Wirklichkeit. Mach keine Pläne mehr, wem du was sagen wirst oder was du für immer ändern wirst oder was du tun kannst, wenn die und die Bedingungen erfüllt sind. Warte nicht mehr ab, sondern erfülle dich selbst in der Sekunde, in der du fühlst, dass du lebst.

Wenn du gelernt hast, dass du grundsätzlich alles tun „darfst", ohne Konsequenzen befürchten zu müssen, hast du einen wesentlichen Schritt in Richtung Selbstverständnis getan. Dann ergibt es sich von ganz allein, dass du zu dir stehst, egal was in deinem Leben geschieht. Und du lernst, voller Freude dein Leben zu genießen, ohne befürchten zu müssen, nicht mehr geliebt zu werden.

Liebe dich selbst und erwarte nichts, gar nichts von anderen.

13 Ernährung

Hallo, lieber Michael, sicher hast du miterlebt, wie begeistert Sabine von dem ersten Kapitel des Buches war, das macht mir viel Mut. Wir haben es mehrmals gelesen, es macht mich sehr glücklich. Danke vielmals für deine Hilfe!

Mir macht es viel Spaß, mit dir zusammenzuarbeiten – es ist mein erster Job hier oben. Am Anfang war eine längere und ziemlich anstrengende Phase, in der ich mein letztes Leben zu beurteilen hatte. Aber ich stelle fest: Erfahrungen waren mehr als genug dabei, und damit habe ich mir gute Voraussetzungen geschaffen für das hiesige Dasein.
Und ich lebe durch meine Bücher weiter. Ich werde lebendig, sobald jemand in einem meiner Bücher liest, und das gibt mir eine große Genugtuung.
Auch ich habe deine Bücher verschlungen, besonders die Unendliche Geschichte. Die Geschichte in der Geschichte hat mich fasziniert, ich liebe deine Art, mit Worten und Sätzen zu spielen und Situationen so zu beschreiben, dass man sich direkt beteiligt fühlt. Danke für das, was du uns hinterlassen hast. Ich weiß, dass viele Menschen denken wie ich.
Jetzt schmeichelst du mir, aber es tut gut. Es war eine großartige Aufgabe, Bücher zu schreiben, jedoch ist das, was mir hier geboten wird, von weitaus größerem Reiz für mich. Freue dich auf die Zeit nach diesem Leben, es ist großartig!
Ich bin gespannt! Aber erst einmal möchte ich weiterhin genießen, was das irdische Leben mir zu bieten hat, und das ist im Moment allerhand. Heute war ich unterwegs wegen des Computers, und man sagte mir, ich sollte mir einen neuen Monitor zulegen. Dieser ist keine 2 Monate alt! Wie soll ich mich verhalten?
Ganz einfach – bei dir bleiben! Stelle fest, wie wertvoll es dir ist, so lange arbeiten zu können, bis du aufhören möchtest und nicht, weil dir Augen oder Kopf schmerzen. Mach dir klar, dass du viel Zeit damit verbringen wirst, und schaffe dir optimale Bedingungen. Wenn du erst die Entscheidung

getroffen hast, wird es von allein laufen, die Erfahrung hast du schon oft genug gemacht.

Danke, eigentlich habe ich mich schon entschieden, endlich gut für mich zu sorgen. Das nächste wäre dann ein besserer Tisch, ich ahnte es doch ... Nun möchte ich aber weitergehen im Text – bist du bereit?

Ja, leg los!

Sabine standen Tränen in den Augen, als sie den ersten Teil des Buches gelesen hatte. Sie sagte, es sei spannend und aufregend und sie freut sich schon auf alles, was folgt. Ich hatte mehrere Anläufe gemacht, eine Einleitung zu schreiben, konnte aber den richtigen Wortlaut noch nicht finden. Und jetzt wird mir klar, dass ich schon mittendrin bin. Toll.

Bei meinen ersten Büchern war das anders, ich habe voller Vertrauen alles aufgeschrieben, was mir aus dem Universum an Informationen zugeflossen ist und brauchte nur Überleitungen einzufügen. Der Stoff war eindeutig, ich konnte mich auf meine Begleiter verlassen und hatte für den irdischen Mut meine geliebte Sabine. Sie versicherte mir immer wieder, dass sie alles mitträgt, hinter mir steht und meiner Meinung ist.

Das ist unglaublich hilfreich, ich glaube, ohne sie wären die drei Bücher über Erdheilung nicht erschienen.

Hole ich zu weit aus?

Was du dir für Gedanken machst! Kannst du nicht den Kopf auf Urlaub schicken und die Finger direkt aus dem Bauch bedienen? Alles, was du für wichtig hältst, wird auch richtig sein für eure Geschichte. Wenn du nicht den Maßstab setzt, wer soll es dann tun? Jetzt sollst du es herausschreiben, später kannst du immer noch etwas verändern oder ganz streichen.

Vertraue dir, du kannst es!

Augenblicklich setzen wir uns wieder mit dem Thema Ernährung auseinander. Irgendwie haben wir noch nicht die optimale Form entdeckt, ich bin auch überzeugt, dass wir die Maßstäbe zu hoch ansetzen und wieder unter Druck geraten. Natürlich wollen wir nicht wieder dick werden und unsere geistige Reinheit auch in körperlicher Leichtigkeit ausdrücken, aber wenn wir uns zu sehr kasteien, kann es zur Folge haben, dass wir es eines Tages ganz aufgeben, weil es nicht lebbar ist.

Ernst wurde es mit der Umstellung letztes Jahr im Oktober, aber vorher waren schon einige Hinweise gekommen, dass ich die Ernährung meiner restlichen Lebensweise anpassen soll. Anfang letzten Jahres begann ich, auf Fleisch mehr und mehr zu verzichten, seit dem Sommer lebe ich völlig vegetarisch. Ich hatte aber immer noch ca. 40 kg zuviel Gewicht an mir.

Dick zu sein begleitete und belastete mich von Jugend an, und ich hatte es einfach satt, nie etwas Anständiges zum Anziehen zu bekommen und mich zu schämen, wenn ich unter Menschen ging. Ich war der Meinung, dass die seelischen Hintergründe zur Genüge erkannt und ins Lot gebracht worden waren, jetzt fehlte es mir an Disziplin.

Im Urlaub beschlossen wir, den Zucker ganz aus unserem Leben zu verbannen, denn er war größtenteils verantwortlich für das Übergewicht und forderte immer mehr. Wir nahmen es sofort in Angriff, erlaubten uns nur noch selten ein Ausnahme und schafften es tatsächlich noch im Oktober, alles Zuckerhaltige aus dem Speiseplan zu streichen. Nach der Rückkehr aus dem Urlaub begann ich, Bücher zu lesen über Ernährung, dabei fielen mir einige revolutionäre Schriften in die Hände. Anfangs lachte ich darüber, weil sie stark ins Extrem gingen, später ging mir aber ein Licht nach dem anderen auf, was ich meinem Körper mit der „normalen" Form des täglichen Essens antat.

Dann las ich ein Buch über Fasten, ein Bereich, den ich vorher strikt abgelehnt hatte, da die Gefahr des Verhungerns mir viel zu groß erschien, und ich beschloss, sofort damit anzufangen. Es war einige Tage vor Weihnachten, und die Verlockungen von Lebkuchen und Marzipan machten mir schwer zu schaffen. Sabine fiel aus allen Wolken, als ich ihr erzählte, dass ich ab morgen nichts mehr essen will. Ich nahm mir nichts vor, sondern wollte es jeden Tag neu probieren. Sie stimmte freudig zu, mit mir zusammen zu fasten.

Ich hatte große Bedenken es zu schaffen, weil alle gewohnten Lebensmittel weiterhin im Hause waren, aber es wurde leichter, nachdem ich mich entschlossen hatte, den diesjährigen Weihnachtsrummel mit Verwandtenbesuchen und Fressgelagen nicht mitzumachen.

Zum ersten Mal in meinem Leben wollte ich nur an mich denken.

Bei Sabine zuhause waren wir allein, dadurch konnten wir einige Tage völlig auf Nahrung zu verzichten und dann auf Obstkost übergehen. Wir stellten fest, welche köstliche Vielfalt uns zur Verfügung steht, probierten alles aus, was interessant schien und hatten einige Wochen lang unser Obstparadies. Solange wir in dieser Sicherheit waren, gab es keine Probleme, aber wenn ich zurückkehrte in meine Familie, waren die alten Verlockungen in Form von Brot, Käse und gekochter Kost wieder da. Ich hatte ziemliche Kämpfe innen und außen durchzustehen, um hart zu bleiben. Aber ich wurde mit jedem Tag stärker.

Ende April, pünktlich zu meinem 40. Geburtstag, waren 40 kg Gewicht weg. Sabine hatte in der gleichen Zeit 25 kg verloren, und wir waren höchst zufrieden mit unseren Körpern. Probleme mit überschüssiger Haut oder Faltenbildung hatten wir kaum – die Obstkost sorgte nicht nur für straffe Haut, sondern auch für eine stets frische Hautfarbe. Es sollte noch einige Monate dauern, bis ich diesen schlanken Körper in seiner Schönheit annehmen und wahrnehmen konnte, zunächst einmal genoss ich nur die Leichtigkeit.

Nun, ein halbes Jahr später, stellt sich wieder die Frage, wo unsere Prioritäten liegen. Wir kamen gut damit zurecht, uns täglich eine „Ausnahme" in Form von einem Stück Käse, Fisch oder gekochter Kost zu gönnen, aber dann schlich sich die Gewohnheit ein, noch ein Eis zu essen, was wir mit großem Genuss praktizierten. Den ganzen Tag über aßen wir ausschließlich Obst, am frühen Abend eine Mahlzeit aus rohem Gemüse und einer „Ausnahme", und später kam die Lust auf Süsses...

Nach einigen Wochen konnten wir die Folgen an unseren Körpern ablesen, es gab wieder Ansätze von Fettreserven, die uns natürlich überhaupt nicht gefielen. Es war sehr schwierig, sich von dieser Gewohnheit wieder zu verabschieden. Einige Tage Obstfasten brachten uns das neuerworbene Gewicht zurück, aber kaum fingen wir wieder an, Gemüse zu essen, war auch die Lust auf Eis wieder da.

Wir müssten wieder konsequent sein, um sicherzustellen, dass wir uns weiterhin gefallen und wohl fühlen in unseren Körpern, aber es fällt unglaublich schwer. Wir sind eben doch Menschen und damit Gelüsten ausgesetzt.

14 Erfolg und Scham

Guten Tag lieber Michael. Es hat eine Weile gedauert, bis ich mich zum Schreiben aufraffen konnte. Am Wochenende hatten wir die Bilderausstellung und Lesung, und ich bin enttäuscht, weil nur so wenige Personen interessiert sind an dem, was wir tun. Ich denke, das ist auch unser heutiges Thema, denn der Begriff „Erfolg" beschäftigt uns seit dem Aufwachen.

Sonntagabend stellten wir fest, dass an zwei Tagen nur insgesamt 22 Leute gekommen waren. Nachdem die Traurigkeit heraus durfte, haben wir uns gegenseitig klargemacht (über den Verstand, ist ja klar), dass wir zufrieden sein können und „eigentlich" alles sehr gut gelaufen ist, denn die Menschen, die gekommen sind, sind größtenteils sehr zufrieden gegangen. Und als wir uns einigermaßen gefasst hatten, rief Sabines Tochter an. Es tat weh, festzustellen, dass bei ihr kein einziges Vorurteil abgebaut ist und ihre Vorbehalte gegen unsere Beziehung und meine Person eher intensiver geworden sind.

Reporter von beiden Zeitungen waren auch da, aber weder ein Bericht noch ein Foto von uns wurde veröffentlicht. Sag mir, Michael, warum sind wir Menschen so scharf darauf, von anderen bestätigt zu bekommen, dass unser Angebot stimmt?

Kann es sein, dass du auch jetzt zu sehr im Kopf bist und dieses Erlebnis unbedingt „auf die Reihe bekommen" willst?
Du hast mich voll erwischt ...

OK, dann hilft es, wenn du dich zuerst in deinen Bauch fallen lässt. – Gut so. Nun fühle nach, was die Enttäuschung ausgelöst hat. Waren es überhaupt deine eigenen Erwartungen, oder hast du die Enttäuschung auch für andere mitgelebt? Hatte deine Enttäuschung nur mit der Lesung zu tun? Ich denke, über diese Fragen kommst du deinem Gefühl schon näher.
Meine eigenen Erwartungen? Hier fängt das Problem schon an. Ich glaube, dass meinetwegen sowieso keiner kommt, sondern wegen der Bilder.

Einige könnten Interesse an der Lesung haben oder bleiben höflichkeitshalber, aber wer kommt nur zu mir? Ich habe schon vorher angemeldet, dass „von meiner Seite" nichts zu erwarten ist. Beim letzten Mal sind ja noch meine Großmutter und ein paar Freundinnen gekommen, wohl eher mir zuliebe als wegen der Sache, das ist dieses Mal nicht zu erwarten gewesen. Sabine hat versucht, mir zu erklären, dass meine Bücher genauso interessant sind wie ihre Bilder, aber ich kann es nicht glauben.

Meine Erwartungen bezogen sich eher darauf, dass Sabine mehr Leute verdient hätte. Und Manuela hat gehofft, dass ihr Haus bekannter wird. Ich bin dahinter völlig verschwunden. Die Vorbereitungen wurden ja in erster Linie für die Bilder getroffen, es hat mir auch Spaß gemacht. Meine Bücher brauchen keine Vorbereitung, das weiß ich seit der ersten Lesung. Also wieder die alte Leier: ich habe nichts vorzuweisen, also spiele ich keine Rolle.

Oh Mann, wann komme ich aus dieser Falle endlich mal heraus?

Du bist auf dem Wege, gib dir Zeit. Du weißt, dass es ausreicht, dir dein Gefühl ins Bewusstsein zu holen. Weiter im Text – was ist mit der zweiten Frage?

Du bist aber heute streng mit mir! Die hätte ich nun gern unter den Tisch fallen lassen.

Die Enttäuschung hat noch ein anderes Gesicht, nämlich das der entbehrlichen Mutter. Ich glaubte, ganz ohne mich könnte es nicht funktionieren, und doch ist es so. Alles läuft ohne mich – womöglich besser als mit mir. Es kränkt mich ganz tief innen, und ich kann mich nicht überzeugen, dass es in Ordnung ist.

Endlich ist Zeit, mich auf mich selbst zu besinnen. Außerdem kann ich froh sein, wenn Katja mich nicht wegen jeder Kleinigkeit behelligt oder Rolf überfordert ist mit der Rolle des Erziehenden. Mein Kopf möchte mir immer wieder klarmachen, dass ich mich nicht aufzuregen brauchte und alles bestens ist, wie es jetzt läuft. Es ist mein Gefühl, das gekränkt und verletzt ist: ich werde nicht gebraucht. Warum spielt das für mich eine so große Rolle?

Du weißt, dass die besonders tief sitzenden Gefühle auf jeder Stufe neu

erscheinen, in einem anderen Licht sichtbar werden und mit einem neu-
en Bewusstsein bearbeitet werden wollen. Das geschieht so lange, bis du
kein Problem mehr damit hast. Oftmals ist dir dann gar nicht mehr be-
wusst, dass es einmal dein Leben sehr stark beeinträchtigt hat und jetzt
keine Spur mehr hinterlässt. Dann ist es aufgelöst, das heißt aber nicht,
dass du nie wieder damit konfrontiert wirst. Es ist durchaus möglich, dass
du dir eine andere Form desselben Problems heranholst, um es noch ein-
mal intensiv erleben und bearbeiten zu können.

Es ist kein Drama, nimm es hin wie es ist.

Ich möchte noch einmal auf dein Selbstwertgefühl zurückkommen. Warum
bist du der Meinung, dass deinetwegen keiner kommt und wenn dann dir
zuliebe und nicht für die Sache? Haben dir nicht einige anwesende Personen
das Gegenteil gezeigt?

Das stimmt. Es war toll, von Margit zu hören, dass es anders ist, wenn
ich die Bücher vorlese und dass sie jetzt noch einmal alle drei lesen will.
Und dass Margareta voller Interesse dabei war, obwohl sie alle meine Bücher kennt. Mir wurde von mehreren Seiten bestätigt, dass sie ihnen sehr
wertvoll sind, dass sie sich darin wiederfinden und es mit Freude lesen.
Ich habe ein positives Echo bekommen, und es hat mich stolz und glücklich gemacht. Warum nur bleibt mir so etwas nicht besser im Gedächtnis? Was ich noch ganz genau weiß, ist, dass eine Frau mir erzählte, sie
hätte schon nach der zweiten Seite aufgehört zu lesen, weil ihr eine Aussage nicht gefiel. Warum sinkt der Selbstwert sofort auf Null, wenn so etwas kommt?

Alle Dinge, die du jetzt erlebst und geregelt haben möchtest, sind schamvoll.
Du schämst dich deiner Regungen und Gefühle, du möchtest nicht als un-
bewusst entlarvt werden oder dass andere denken, dass du dich mit „Anfän-
gerdramen" auseinandersetzt. Mach dich frei von der Wertung, alle Themen
sind sowohl für Anfänger als auch für Fortgeschrittene wichtig.

Jeder findet seinen eigenen Anfang, sein Tempo und seinen Fortschritt, du
kannst niemanden einstufen in Anfänger, Fortgeschrittene, weit Fortgeschrit-
tene und Fertige. Das geht nicht, denn fertig wird niemand, und wenn, dann

geht er gleich danach.

Du weißt nicht, was andere bereits erledigt haben oder noch ausfeilen möchten. Du weißt nicht, wie lange du selbst oder andere für jeden Prozess brauchen und wann er abgeschlossen sein wird. Deshalb kannst du auch niemals ein Thema abschließen mit dem Gedanken, dass du damit nichts mehr zu tun haben wirst. Hör auf, einzuteilen und einzustufen.

Das fühlt sich an wie eine Standpauke.

Ich weiß, jetzt kommt wieder die Scham. Gleich dahinter steht ein Schuldgefühl und der Drang, etwas ausgleichen zu müssen. Geh mal ganz hinein.

Bevor ich Zeit hatte, den Gedanken zuende zu denken, war die Scham da. Gleichzeitig fühle ich den Kloß im Hals, der immer sofort erscheint, wenn ich glaube, ein Unrecht oder eine Unterlassung begangen zu haben, die ich sofort und auf der Stelle ausbügeln muss. Ich bin dann nicht in der Lage, die Sache von außen zu betrachten. Ich gerate in Bedrängnis, fürchte keine Luft mehr zu bekommen und sprudele meine Rechtfertigung so heraus, dass es niemandem gelingt, auch nur ein Wort dazwischenzuschieben. Dann schäme ich mich, dass ich mich so habe gehen lassen, und alles beginnt von vorn ...

Das Ganze endet in tiefer Verzweiflung und dem sicheren Gefühl, wieder einmal auf der ganzen Linie versagt zu haben und niemals zu wissen, was richtig ist. Dieser Kreislauf macht mich nun schon seit einigen Wochen fix und fertig, ich finde auch keinen Weg heraus.

Das einzige, was besser geworden ist, ist dass ich nicht mehr so tief verzweifelt bin wie früher, weil Sabine mich inzwischen sehr gut auffangen kann.

Du hast erfasst, dass die Ursache eine andere ist als das aktuelle Thema. Nun weißt du, warum eure Helfer euch raten, noch eine Schicht tiefer zu graben, wenn ihr an einer Sache dran seid. Die gesamte Energie kann lahmgelegt werden, wenn eine solche Sache zuviel Raum bekommt.

Und achtet auf die Worte „wieder" und „immer". Sie blockieren sehr viel Energie, die euch in anderer Beziehung zugute kommen kann.

15 Mein Geburtstag

Lieber Michael, es geht um meinen Geburtstagskuchen, und ich staune, was alles hochkommt. Als ich Kind war, war mein Geburtstag der einzige Tag im Jahr, an dem ich wichtig genommen wurde. Ich durfte das Essen und den Kuchen aussuchen und Freundinnen einladen, was sonst das ganze Jahr über tabu war. In den letzten sagen wir 20 Jahren habe ich wohl versucht, mir diesen Tag zu „verdienen", indem ich alle Personen in meinem Umkreis zu ihrem Geburtstag mit meiner Aufmerksamkeit bedacht habe, sei es mit einer Karte, einem Anruf oder Besuch, Blumen oder einem Geschenk. Es kommt mir jetzt so vor, als hätte ich mir damit selbst das Recht gegeben, an meinem Tag wichtig zu sein. Die anderen sollten mir zeigen, dass sie mich wichtig nehmen und lieb haben, dann war es legitim, dass ich Wünsche äußere und mich selbst wichtig nehme.

Wenn ich zurückblickend den Tagesablauf betrachte, ging es wieder immer nur um andere. Ich habe vorher gebacken, vorbereitet und gekocht, damit es allen gut geht. Meistens waren Gäste über den Tag verteilt da, ich bediente sie und kam nicht eine Minute zu mir selbst. Und wenn ich abends zur Ruhe kam, war ich enttäuscht. Ich weiß nicht, was ich erwartet habe, ich weiß nur, dass es nie eingetreten ist. Die Enttäuschung gehörte zu jedem Geburtstag, und wenn ich Revue passieren lassen wollte, wer mir die Ehre erwiesen hat, fielen mir nur die Leute ein, die sich nicht gemeldet haben. Anstatt mich zu freuen über die Karten, Anrufe und Geschenke, war ich traurig.

Undankbar, da haben wir es wieder.

Ich weiß nicht, warum ich in diesem Jahr unbedingt einen Geburtstagskuchen haben will, noch dazu von Sabine. Mir ist bekannt, dass sie so etwas für überzogen hält – und überhaupt, Eva, du bist Rohköstler, woher kommen solche Wünsche? Das darf nicht mehr sein, ich kann mir ebenso gut einen Obstteller wünschen. Und außerdem will ich lernen, mich an jedem Tag meines Lebens wichtig zu nehmen, warum die Hervorhebung des einen Datums? Habe ich denn gar nichts begriffen? Bin ich albern, kindisch und unvernünftig?

Wenn ich an Anrufen oder Aufmerksamkeiten festmachen will, wer mich lieb hat, sehe ich das ganze Jahr über alt aus. Ich glaube inzwischen, dass alle meine Kontakte nur gelebt haben, weil ich mich um andere bemüht habe. Wer sollte mich schon lieb haben, aus welchem Grund?

Noch dazu war ich schrecklich dick. Ich habe versucht, es auszugleichen, indem ich besonders aufmerksam war, mir auch zum tausendsten Mal die Probleme anderer angehört habe und stets freundlich blieb, auch wenn es mir dabei schlecht ging. Ich musste ausgleichen, dass ich weder liebenswert noch sonst der Beachtung wert bin. Es kann zur Lebensaufgabe werden, diesen ständigen Ausgleich herstellen zu müssen. Ich bin müde.

Und was wollte ich jetzt speziell von Sabine? Den Beweis, dass ich für sie wichtig bin, in Form eines Kuchens? Warum kann ich nicht mit logischen Argumenten klarkommen, sondern bin verletzt, verletzt, verletzt?

Du sollst nicht vernünftig sein und logische Argumente gelten lassen, sondern immer nur fühlen. Bei den meisten Menschen ruft der Geburtstag ganz viele Gefühle hervor, es wird beiseite geschoben, weil die Bewirtung der Gäste im Vordergrund steht. Eine gute Form der Ablenkung von eigenen Prozessen. Und wenn du dann zur Ruhe kamst, überraschte dich die Enttäuschung. Du bist in dein altes Muster gegangen, dir Undankbarkeit vorzuwerfen, um danach das Gefühl und alles, was daran hängt für ein Jahr wieder in die Versenkung zu schicken. Es durfte nie leben, und wenn du geweint hast, wurde dir erklärt, dass es keinen Grund zur Traurigkeit gibt, weil doch alles so schön war. Da du dazu neigst, die Meinung anderer über deine eigene zu stellen, wirkte es.

Lass uns noch einmal deine Impulse nachvollziehen. Erstens: es ist nicht so wichtig, ich bin albern. Dann kam: aber es ist mein Geburtstag, also möchte ich auch wichtig sein. Am Ende Resignation und Selbstbeschimpfung: werde ich denn nie vernünftig, was bringt das schon, ich stelle mich an. Nur weil du diesen Kreislauf einmal verlassen konntest, erlaubst du dir, trotzig und unvernünftig zu sein. Lass es alles zu. Beschimpfe dich nicht, sondern betrachte dich selbst liebevoll und sei aufmerksam für alles, was an diesem wichtigen Tag geschieht. Im letzten Jahr hast du absolut nichts erwartet und was kam, war überwältigend.

Trotzdem kamen am Abend die Tränen, weil die Enttäuschung wieder da war.

Versuche jetzt nicht herauszufinden, was du erwartest. Alle deine Gedanken und Gefühle durften einmal sein, und damit hast du die Voraussetzungen geschaffen, nichts tun zu müssen, sondern beobachten zu können. Freue dich auf deinen Geburtstag!

16 Entscheidung und Konsequenz

Nie hätte ich mir das Thema so umfangreich und schwierig vorgestellt. Ich stoße in jeder Beziehung an meine Grenzen und bin ständig dabei, zu einer Entscheidung zu kommen oder die Konsequenz aus einer Entscheidung zu tragen. Mir war nicht bewusst, dass das tägliche Leben so viele Entscheidungen fordert, und noch weniger war mir klar, wie wenig ich entschieden habe.

Meistens war ich im Opfer und habe ich es laufen lassen, aber nicht im Sinne der Hingabe. Ich habe gehofft und geglaubt und von anderen erwartet, dass sie für mich Dinge mit entscheiden. Eigentlich war ich gar nicht entscheidungsfähig, weil die Angst vor Konsequenzen mich immer im Griff hatte.

Außerdem warte ich auf Katjas Anruf und hoffe, dass sie den Tag mit mir verbringen möchte. Ich bin traurig, wenn der Impuls nicht von ihr kommt und rede mich damit heraus, dass ich ihr nicht auf die Nerven gehen möchte mit meiner Gluckerei, aber wenn es mir so wichtig ist, einen Pfingsttag mit ihr zu verbringen, warum rufe ich dann nicht an und mache Vorschläge? Ich weiß genau, dass ich sie mit meiner Hoffnung überfordere. Und überhaupt – sonst sehen wir uns auch nicht außerhalb der vereinbarten Zeiten, soll sie es ahnen, weil Pfingsten ist? Sie ist an einem Pfingsttag geboren, seitdem hat das Fest eine besondere Bedeutung für mich.

Eigentlich bin ich auch zu bequem, ich müsste mir ausdenken, was wir unternehmen können. Am Feiertag können wir nicht ins Einkaufszentrum fahren, eine Fahrradtour ist nicht möglich, weil mein Fahrrad hier ist, und sicherlich hat sie Pläne mit ihren Freundinnen und es passt sowieso nicht.

Mache ich mir jetzt etwas vor und versuche, mit dem Kopf mein Gefühl zu überstimmen? Liegt mir wirklich etwas daran, mit ihr zusammen zu sein, oder möchte ich die Tage nicht doch lieber hier verbringen?

Ich finde mich nicht zurecht in mir und weiß gar nicht, was ich will. Michael, kannst du mir helfen?

Zuerst einmal ist es wichtig, dass du ins Bewusstsein nimmst, was du eben aufgeschrieben hast. Nimm es ernst und würge es nicht ab. Es geht nicht darum, herauszufinden was du denkst, sondern an deine Gefühle heranzukommen. Den Schwerpunkt Denken hattest du einige Jahrzehnte lang, das hat den Zugang zu deinen Gefühlen verhindert.
Bist du bereit, deine Gefühle anzusehen?

Ja, bin ich, allerdings habe ich noch eine Frage. Sollte es denn so sein, dass ich mir all die Jahre meine Freude und meine Leichtigkeit verbaut habe, weil mein Verstand mir diktiert hat was ich fühlen soll? Und hat der Schmerz in meinem rechten Knie mit dem Thema zu tun?

Nicht ganz so extrem, aber es trifft in die Richtung. Es war ein wesentlicher Teil deiner Entwicklung, im Verstand zu leben, auch dieser Teil deines Selbst muss unbedingt vollständig gelebt werden. Nun strebst du das Gefühlsleben an. Dein Verstand ist hervorragend ausgeprägt, diese Tatsache hilft dir in vielen Lebenssituationen, aber der Hauptanteil deiner Aufmerksamkeit sollte nun bei deinen Gefühlen liegen, denn sie brauchen es noch. Beginnen wir mit einem Blick in dein rechtes Knie.

Ich sehe Wellen, Knöpfe, Verschraubungen – ein kompliziertes Uhrwerk. Ich versuche, die Funktion herauszufinden, aber teilweise bleibt es mir verborgen. Die Wellen liegen in der Sonne und blenden mich. Zwischen den unübersichtlichen Verschraubungen sind Knöpfe in vielen Farben und Größen, sie sind lose und doch mit dem Mechanismus verbunden.
Es ist warm und stickig hier, wie in einer Höhle. Ich fühle mich eingesperrt und möchte aus dieser Enge heraus.
Es gibt zwar kein Tageslicht, ist aber hell genug, dass ich alles erkennen kann. Weiter hinten sehe ich eine Treppe, die nach oben führt. Soll ich es wagen?
Egal, ich will hier raus. Ich gehe auf die Steintreppe zu, sie ist mit Moos und Schlingpflanzen bewachsen, hier ist wohl lange keiner mehr gegangen. Ich gehe vorsichtig, um nicht auszurutschen, fühle das feuchte und glitschige Moos unter meinen nackten Füßen. Die Dunkelheit nimmt

zu, je höher ich komme. Ich sehe nach unten, es liegen schon 10 bis 12 Stufen hinter mir. Die Luft wird immer stickiger, ich bleibe stehen, weil ich fürchte zu ersticken. Ich brauche Luft zum Atmen!

Kaum habe ich es zuende gedacht, streift mich frische Luft. Der Windzug hat eine Tür über mir geöffnet, es ist heller geworden. Ich gehe weiter, vorsichtig Stufe für Stufe nehmend und behalte das Licht im Auge. Es ist noch ziemlich weit, aber der Weg fällt mir leicht und bringt mich nicht aus der Puste. Ich spüre, wie ich mit jeder Stufe leichter werde und die Luft frischer wird. Die Höhle wirkt nicht mehr so duster und modrig. Plötzlich sehe ich überall Blüten aufgehen, auf den Stufen, in der Höhle, selbst in dem Mechanismus. Die Sonne schickt ihre Strahlen durch die Tür und lockt mich an. Jetzt sehe ich Baumwipfel und einen blauen Himmel und höre die Vögel singen.

Ich werde schneller, es ist herrlich, so leicht zu sein. Ich schwebe der Helligkeit und Leichtigkeit entgegen. Oben sehe ich eine durchsichtige Hand, die sich mir entgegenstreckt. Ich schmiege mich hinein, ich passe genau in die Handfläche. Nun kann ich alles von oben betrachten: die Wälder und Wiesen, Häuser und Straßen, Flüsse und Gärten. Die Farbenpracht überwältigt mich, ich sauge die Schönheit auf. Mein Herz wird immer weiter, ich spüre meine Einheit mit allem, was ist. Ich sehe zwar keine Menschen, fühle aber ihre Gegenwart. Diese Geborgenheit möchte ich fortsetzen. Ich bitte die Hand, mich abzusetzen inmitten dieser Schönheit.

Ich bin wieder angekommen an meinem Computer.

Ich fühle in mein Herz: Katja ist fröhlich und guter Dinge. Wir brauchen diesen speziellen Tag nicht, um uns etwas zu beweisen. Es reicht mir, zu wissen, dass sie mich liebt.

Und mein Knie? Ein Zahnrad war ausgehebelt und ist jetzt wieder ins Lot gekommen. Plötzlich ist der Mechanismus kein Rätsel mehr. Nur die Knöpfe sind mir noch nicht klar.

Die Knöpfe stehen für Spiel und Leichtigkeit in der „rauen" Wirklichkeit. Sie gehören unbedingt dazu, brauchen aber nicht eingebunden zu sein. Wenn du dich für sie entscheidest, werden sie immer um dich sein in allen Farben und Größen. Nutze sie für dein Dasein.

Etwas anderes geht mir durch den Kopf. Ich wollte euch schon länger befragen, wusste aber nicht einmal, wie ich die Frage formulieren soll.

Es geht um meine Arbeitsuche. Einerseits fühle ich immer noch den Druck, Geld verdienen zu müssen, andererseits kann ich mich nicht entscheiden, was ich will, und das sollte wohl vorher klar sein. Ich habe große Probleme, wieder ins Büro zu gehen, andererseits bleibt mir wohl nichts anderes übrig, denn ich sehe keine Alternative. Ich zermartere mir den Kopf, durchforste die Zeitungen und habe das Gefühl, auf der Stelle zu treten. Was soll ich tun?

Gute Frage. Du kannst im Moment noch keine Entscheidung treffen, also wäre es die beste Lösung, abzuwarten und die Dinge sich entwickeln zu lassen. Du weißt, es kommt immer anders als du denkst. Mach dir nicht zu viele Gedanken. Es gibt tatsächlich einen Weg, der dir sehr viel Spaß machen und deinen Lebensunterhalt sichern wird. Vertraust du uns?

Es tut mir furchtbar leid, dass mir das Vertrauen in diesem Punkt so schwer fällt. Ich denke immer: aber <u>ich</u> muss doch etwas tun, sonst passiert nichts. Das alte Muster: tu was, dann geht es schneller vorbei.

Im Moment komme ich ganz gut zurecht, aber ich fühle mich verpflichtet, den Forderungen der Behörde nachzukommen. Es ist ein Zwiespalt. Ich will mir die Zeit geben und eventuell auf einen Teil des Geldes verzichten, aber es ist nicht leicht, das umzusetzen und die Konsequenzen auch wirklich zu tragen. Ich möchte ja auch immer noch, dass mich alle lieb haben...

Gönne dir den heutigen Tag ohne Druck. Morgen kannst du noch einmal die Anzeigen überprüfen, ob es wirklich das ist, was du tun möchtest. Wenn ja, bewirb dich, wenn nicht, lass es sausen, es spielt absolut keine Rolle. Sieh nach vorn, vertraue deinem Weg und gib dir die Zeit, die du brauchst.

17 Abschied

Hallo Michael, dieser Blick geht mir nicht mehr aus dem Kopf, ich sehe ihn ständig vor mir und weiß nicht, wie ich damit umgehen soll. Nachdem ich Sabine geküsst hatte, fing ich Katjas Blick auf, es lag Trauer darin, Neid und Unverständnis. Ich habe mich erschrocken und stelle mir seitdem die Frage, ob ich ihr etwas vorenthalte, was sie dringend braucht. Ich weiß, dass sie sich holt, was sie haben will und dass ich ihr alles gebe, was ich ihr geben kann. Ich bin doch immer noch ihre Mutter!

Und ausgerechnet an so einem Tag kommt eine Karte von meiner Großmutter, natürlich mit einer Spitze. Habt ihr zusammen Katjas Geburtstag gefeiert? Nein, denn ich bin eine egoistische Rabenmutter, die nur an ihr eigenes Wohl denkt und die „Halbwaise" längst vergessen hat.

Es tut furchtbar weh. Mein Herz weint, ich nehme Abschied.

Von meiner Rolle als Mutter, von der Wichtigkeit einer Bezugsperson für mein Kind, von der Beschützerrolle einer Glucke, die ihrer Tochter am liebsten alles abnehmen würde, damit sie nur nicht verletzt wird.

Von den Tagen der innigen Verbundenheit, in denen es nur uns beide auf der Welt gab, ein Herz und eine Seele.

Von dem Mädchen, das sich anschmiegt, Trost und Wärme sucht.

Von der Fürsorge einer Frau, die nichts so sehr liebt wie ihr Kind.

Von der Aufopferung und dem Aufgehen in der Mutterrolle, die nichts von mir übrig ließ.

Von der Frau, die vor den eigenen strengen Augen und den Blicken der Gesellschaft stets allen Anforderungen gerecht werden musste.

Von der bequemen, stets hilfsbereiten, immer trostspendenden und gutgelaunten Eva, die keine Gelegenheit auslässt, sich und anderen zu beweisen, dass sie doch etwas wert ist. Die ständig etwas ausgleichen muss, weil sie unvollkommen, viel zu dick und eigentlich wertlos ist.

Es ist allerhand, was da zusammenkommt, eine ganze Latte von Dingen, die ich gleichzeitig verlassen möchte. Geht das überhaupt? Darf ich es mir so leicht machen, belastende Dinge hinter mir zu lassen, ohne dafür bestraft zu werden? Wenn doch, wie wird die Strafe aussehen? Werde ich mein Spiegelbild nicht mehr erkennen? Werde ich noch mehr Kritik entgegennehmen müssen, noch mehr Abweisung erfahren?

Wie kann ich leben, wenn nicht auf die bisherige Art? Ich habe das Gefühl, in einem luftleeren Raum zu existieren. Ich gehe nirgendwo mehr hin, um nicht angegriffen zu werden, sondern bleibe in Sicherheit.

Alles, wirklich alles, was mein bisheriges Leben ausmachte, hat für mich keine Bedeutung mehr. In den letzten zwei Jahren hat sich wirklich die gesamte Materie umgekrempelt, das Problem ist nur, dass ich mit meinen Gefühlen hinterherhinke. Das andere Leben hat mir doch auch Freude gemacht und etwas bedeutet! Nicht nur das Zusammensein mit anderen Menschen, auch die Anerkennung und Genugtuung, wenn ich helfen konnte, die Unentbehrlichkeit meiner Person war wichtig für mich. Ich erkenne jetzt, dass es kein Verlust ist, ohne diese Dinge zu leben, aber es stellte doch eine feste Größe dar, auf die ich bauen konnte. Es war eine Basis für mein Leben und hat mir viel gegeben.

Mein Verstand weiß genau, dass ich viel besser ohne die Unentbehrlichkeit leben kann, aber wenn eine Situation eintritt wie Katjas Blick von heute morgen, überfallen mich die Zweifel derart stark, dass ich glaube, unter der Last zusammenzubrechen. Ich ertrage den Gedanken nicht, dass meinem geliebten Kind etwas fehlt. Gerade da lag doch mein Schwerpunkt: alles war immer für sie da, alle hatten ihr die Aufmerksamkeit zu schenken, nie sollte sie etwas entbehren. Es schmerzt furchtbar, dass ich es bin, die diese Entbehrung nun auslöst.

Es ist alles richtig, was du sagst. Die Zweifel werden immer mal wieder kommen, du weißt, es geht im Leben nie ganz gerade und klar zu. Du sollst dich, dein Verhalten und deine Umwelt jeden Tag aufs Neue in Frage stellen, um dir immer wieder klar zu werden, ob der Weg noch stimmt oder korrigiert werden sollte. Du hast dich entschieden und trägst nun die Konsequenzen. In diesem Falle heißt das: du stehst vor dir selbst und dem Rest der Welt gerade für das, was du entschieden hast.

Es wird immer Menschen geben, die anderer Meinung sind als du, das sollte dich aber nicht beirren und nicht abbringen von deinem Weg. Du willst zu dir und deinen Gefühlen stehen, was auch geschieht. Erkenne, was am besten ist für dich und die Menschen, die du liebst. Ihr sollt die Lösung finden, die für euer Leben am geeignetsten erscheint.

In diesem speziellen Fall hieß die Lösung, dass ihr getrennte Wege geht, weil jede für sich wertvolle Erfahrungen machen möchte. Ihr hättet euch gegenseitig in eurem Wachstum gehemmt. Ihr beide habt euch für die räumliche Trennung entschieden, jede möchte Erfahrungen machen, die nur ohne die andere möglich sind. Ihr seid und bleibt sehr eng miteinander verbunden, daran ändert die Trennung nichts, aber das Wachstum entsteht erst durch die unterschiedliche Umgebung.

Du hast richtig entschieden. Stehe zu dir und zu dem, was du empfindest, auch wenn du auf niemanden triffst, der dich versteht oder akzeptiert, was du entschieden hast. Es kommt nicht darauf an, im Außen Beifall zu finden, dann hättest du in deinem bisherigen Leben bleiben können: angepasst, unauffällig, stets gut drauf und für andere da. Es hat sich gezeigt, dass dieses Verhalten nicht garantiert, dass andere dich lieb haben oder auch nur respektieren.

Erkenne jetzt, dass alles, was in deinem Leben geschieht, zu deinem Besten ist, auch wenn es im Moment nicht ersichtlich ist. Du willst wachsen und dich kennen lernen, darum ergreife die Möglichkeiten, die sich dir bieten, mit beiden Händen und mach das Beste daraus. Du wirst sehen, Wachstum ist die wirkliche Lösung.

Es ist nicht immer angenehm, sich zu erkennen.

Mach deinen Frieden mit diesem Blick. Sie bemerkt jetzt, was ihr nicht mehr selbstverständlich und täglich entgegengebracht wird. Gestehe ihr zu, dass sie daran wächst, genau wie du.

18 Unterwürfigkeit

Herzlich willkommen, Michael. Ich bin verwirrt und durcheinander und bitte um Hilfe. Es geht um die Unterwürfigkeit, die ständige Hilfsbereitschaft und das Dienen. Die Überfreundlichkeit der Dame eben am Telefon ging mir auf die Nerven, diese devote Haltung, die aber unterschwellig eine Drohung enthält: bei so viel Engagement und Mühe kannst du unmöglich ablehnen! Eine Sache, die bereits abgehakt war, wurde mehrmals wieder aufgewärmt, „aber das ist nun nicht mehr zu ändern..." und mir eine Arbeit angeboten, die sie selbst von vornherein als nicht zumutbar einstuft. Von dem ganzen Gerede konnte ich nur einige Sätze gebrauchen, der Rest ging mir auf die Nerven.

Und dann sagt Sabine, dass ich genau das auch an mir habe oder hatte. Ich glaube es einfach nicht, das ist eine äußerst unangenehme Wesensart, die ich mit mir nicht in Verbindung bringen möchte!

Habe ich etwa gar nicht bemerkt, wie ich andere vollgesülzt und immer weiter geredet habe, auch wenn auf der anderen Seite schon längst kein Interesse mehr bestand? Wenn ja, was wollte ich damit bezwecken, welchen Vorteil hatte es für mich?

Ging es darum, vorsichtshalber anderen alles abzunehmen, damit sie es möglichst leicht und bequem haben, egal was es mit mir macht? Die liebe, freundliche und stets zuvorkommende Eva, die dafür sorgt, dass keine Frage offen, kein Problem unbearbeitet, kein Anflug eines Gedankens unberücksichtigt bleibt?

Schrecklich. Es ist erbärmlich, so zu leben. Erbärmlich.

Und keiner hatte Erbarmen mit mir, am allerwenigsten ich selbst.

Du hast recht, es ist erbärmlich. Sei froh, dass es hinter dir liegt, du hast es Schritt für Schritt verlassen. Jetzt bist du an deinem Ziel angekommen und betrachtest von Außen, was dir das Leben schwer gemacht hat. Du kanntest nicht die Ursache, deshalb ist es wichtig, dir die Entwicklung noch einmal genau anzusehen.

Wie der größte Teil der Menschheit warst du als Kind und Jugendliche nicht mit sehr viel Selbstbewusstsein ausgestattet, was sich nicht wesentlich veränderte, als du erwachsen wurdest. Am liebsten wärst du gar nicht bemerkt worden, das konnte aber aufgrund deiner Körperfülle nicht gelingen. Du bist aufgefallen, ob es dir recht war oder nicht. Du hast versucht, deinen körperlichen Mangel auszugleichen, indem du ganz besonders liebenswürdig, zuvorkommend, hilfsbereit und aufmerksam warst. Das war gut und richtig zu diesem Zeitpunkt, du hast vielen Menschen sehr geholfen und Karma abgebaut. Vergiss niemals, dass du es so ausgesucht hast, wie es gekommen ist.

Dein Übergewicht diente dir als Hilfe und Stütze, du hattest Vorteile daraus und hast die Kraft und den Schutz genossen. Außerdem hast du in der Zeit beobachtet, wie die Kommunikation zwischen Menschen sich auswirkt. Das gab dir eine gute Ausgangsposition, um deine Schlüsse zu ziehen, Schätze, die dir heute zugute kommen.

Dann kam die Zeit, in der dir das, was du jahrelang aufgebaut und bewahrt hattest, verloren ging. Alles, wirklich alles hat sich verändert, was eine enorme Flexibilität von deiner Seite erforderte. Du hast dich zuerst gewehrt, was verständlich ist, dann aber doch zugelassen, dass die Weiterentwicklung neue Wege geht. Die äußere Veränderung ging einher mit den inneren Erkenntnissen, allerdings zuerst noch unbewusst.

Nun ist alles, was du hinter dir lassen konntest, in dein Bewusstsein gedrungen und hat dich geöffnet für die Meisterschaft des Höheren Wissens, die ihr beide mit dem heutigen Tage erreicht habt. Nichts von so großer Bedeutung kommt mit einem Knall, sondern ist das Ergebnis eures teilweise mühsamen, immer aber erfolgreichen Weges zu euch selbst.

Hör auf, dich erbärmlich zu fühlen für das was in deiner Vergangenheit war. Es geht um das Jetzt und Heute!

19 Macht euch keine Sorgen

Guten Morgen, lieber Michael, es ist ein herrlich sonniger Tag, ich fühle mich gut und bemühe mich, mir keine Sorgen zu machen. Als ich mich eben entschloss zu schreiben, dachte ich: gibt es denn etwas, was mich beunruhigt? Habe ich denn einen Grund zum Schreiben?

Es hat mir gut getan, dass Margareta gestern nach dem neuen Buch fragte, also gibt es Menschen, die lesen möchten was ich herstelle. Ich musste mir klar machen, dass es auch in Ordnung ist zu schreiben, wenn ich mich gut fühle und einfach das Bedürfnis habe, an der Maschine zu sitzen und meine Gedanken in die Finger fließen zu lassen.

Lydius, unser sanfter und doch machtvoller geistiger Begleiter, sagte gestern abend, wir sollten uns keine Gedanken machen, dass so wenig Leute zu uns kommen, weil wir im Moment jede Minute für uns selbst benötigen. Wir sollen genießen, dass alles leicht läuft.

Warum ist es so schwierig, von dieser Norm wegzukommen? Warum denke ich immer, ich muss Leistung bringen und beweisen was ich kann?

Und warum hängt mein Erfolg davon ab, dass möglichst viele meine Dienste in Anspruch nehmen und an meinem Wissen teilhaben? Wie kann ich die Sperre im Kopf auflösen? Eins ist klar: ich versinke nicht in dem Problem, es wäre nur leichter für mich, mehr zu erfahren…

Die strahlende Schönheit dieses Tages soll es euch signalisieren: alles ist rund und gut. Fürchtet euch nicht vor den Dingen, die der Tag bereithält und macht euch keine Sorgen.

Ihr fühlt euch nicht nur in vielen Situationen isoliert, ihr seid es auch. Ihr habt inmitten euresgleichen eine Sonderstellung (bitte nicht werten) und eine Position zwischen allem was existiert, ähnlich wie wir es gewählt haben. Diese Position verlangt nicht nur den ständigen Balanceakt zwischen der geistigen und irdischen Wirklichkeit, es ist auch eine seelische Herausforderung besonderer Art. Eure Seele ist auf der Erde, um Erfahrungen zu machen, diese zu speichern, zu verwerten und zu bewahren, was „lohnt". Was ihr nicht auf

Dauer gespeichert haben möchtet, könnt ihr verändern oder löschen, wenn der Zeitpunkt richtig ist.

Die Seele gibt den Ansporn zu irdischem Leben, denn sie verlangt nach Harmonie und Ausgleich. Das körperliche Ich ist vergänglich und daher von besonderer Stärke. Es fordert und will beweisen, es will bestätigt werden und nimmt jegliche Form der Hilfe in Anspruch. Das geistige Ich ist Ideenlieferant, Herausforderer für die Grenzen und gleichzeitig wie ein Magnet die Verbindung zum Göttlichen Ich.

Der Mensch sollte sämtliche Funktionen beanspruchen, die ihm zur Verfügung stehen, das heißt, sich selbst, seine Umgebung und alle seine Fähigkeiten in jeder Minute des Tages herausfordern und immer wieder die eigene Grenze erfahren. So war das Leben auf dem Planeten Erde ursprünglich erdacht, aber im Laufe der Zeit verloren sich Pioniergeist, Mut und Hingabe derart, dass die meisten sich mit der Mittelmäßigkeit begnügen.

Ich sage das nicht wertend, es ist für diejenigen, die es leben, in Ordnung und genau die Erfahrung, die sie haben wollen. Wer aber die Mittelmäßigkeit verlassen will, braucht dringend eine Institution, die ihm bestätigt, dass der Weg in Ordnung ist. Er braucht Mut, weil die meisten Menschen es nicht verstehen oder nachvollziehen können.

Kaum jemand ist in der Lage, zu akzeptieren, dass eine Veränderung nötig ist, jeder bleibt lieber in der vermeintlichen Sicherheit seiner Gewohnheiten und will nicht aufsteigen, um die Dinge, die ihn bewegen, von oben zu betrachten. Sie flüchten sich in körperliche Unzulänglichkeiten und können sich des Mitleids und der Aufopferung ihrer Mitmenschen sicher sein, bietet dieser Bereich doch anderen wieder Gelegenheit, in ihrem Muster zu bleiben: „Wenn ich mich um andere kümmere, habe ich keine Zeit, mich selbst zu entdecken".

Die Mutmach-Institution sind wir, die geistige Welt. Hier gibt es unbegrenzte Möglichkeiten, das Ich zu verwirklichen. Es ist wunderbar, aber gerade diese Unbegrenztheit macht es schwierig, Einzelheiten ins Visier zu nehmen und im Auge zu behalten. Das ist auf der irdischen Ebene viel einfacher, weil die Begrenzung existiert.

Ihr habt euch entschlossen, diese Ebene für eure Zwecke zu nutzen. Es ist nicht leicht, dieses Thema mit Worten zu beschreiben, besser ist es, sie geistig zu erfassen und zu akzeptieren. Ihr zwei habt eine Position zwischen allen Ebenen eingenommen und in den vergangenen Jahren darauf hingearbeitet, eine Instanz zu werden, an die Suchende sich wenden können. In luftiger Höhe ist es einsam, man wünscht sich Zugehörigkeit und möchte die Erfahrungen und die wunderbare Luft teilen. Diese Einsamkeit empfindet ihr nur für eine gewisse Zeit, und ihr dürft nicht vergessen: ihr habt euch gegenseitig und ihr habt uns.

Es gehört Mut dazu, diese Position einzunehmen und gegen die gesamte „Normalität" anzugehen. Es wird immer wieder Menschen geben, die sich bei euch Mut und Zuversicht abholen, um in ihrem Leben Veränderungen durchführen zu können. Sie setzen Teile dessen um, was ihr lebt und kommen immer mal wieder vorbei, um sich anzusehen, wie es funktioniert. Ihr seid Vorbilder, ohne jemandem vorzumachen, ihr wärt uneingeschränkt glücklich. Sie wollen auch die andere Seite betrachten.

Seid einfach so, wie ihr seid. Lasst das Leben laufen und löst eure Probleme, trefft eure Entscheidungen und steht zu euch selbst. Es werden keine besonderen Leistungen verlangt, denn das erfordert schon jede Minute eurer Zeit. Alles andere regelt sich, und darum geht es. Habt Vertrauen, dass es sich regelt und dass ihr keine Sorgen haben müsst. Wir sind in Liebe bei euch und bei allen, die eure Nähe suchen. Wir geben euch immer wieder Nahrung in Form von Mut, Kraft und Zuversicht.

Und wir geben euch alle Liebe, die uns zur Verfügung steht. Wir möchten für euch da sein, wie ihr für uns da seid: immer und ohne Einschränkung.

Eine Frage habe ich noch: stimmt es, dass ich körperlich spüre, wenn jemand intensiv an mich denkt, dass hier ein Schwall des Gefühls ankommt? Oder bilde ich es mir ein?

Ja und nein. Je empfänglicher du wirst und je wichtiger die Botschaften anderer für dich sind, desto intensiver nimmst du jeden Gedankenfetzen der anderen wahr.

Da es aber eine Vollzeitbeschäftigung wäre, alles aufzunehmen was von an-

deren Menschen kommt, ist eine Automatik eingebaut die dich schützt. Menschen, die dir sehr nahe stehen und dein Herz erreichen, können diesen Schutz jedoch aufheben, deshalb fühlst du, wenn es einem geliebten Mitmenschen nicht gut geht.

Du machst diese Erfahrung jetzt so intensiv, weil du dich auf dem Weg zur Entscheidung befindest, die Entscheidung für dich selbst steht an. Dafür musst du erst in das Extrem gehen, du kannst nicht auf halbem Wege anhalten, sondern sollst dich ganz für dich selbst entscheiden. Diese Wahl schließt Mitgefühl für andere und Teilhaben am Leben nicht aus, im Gegenteil, du wirst alles noch intensiver erleben, wenn du dich ganz für dich selbst entschieden hast. Vertraue, du bist dem schon sehr nahe.

Immer noch derselbe Tag, mittags 13 Uhr. Meine Augen brennen und mein Herz weint. Ich fühle mich schlecht und schuldig und weiß doch ganz genau, dass ich nicht schuldig bin!

Sabines Mann hat die Scheidung eingereicht. Wir haben damit gerechnet, aber trotzdem war es ein Schock, den Satz zu lesen: die Ehe ist gescheitert. Das beinhaltet Versagen, Hilflosigkeit, zeigt Angst und ungenügende Nähe. Es ist so endgültig und scharf und zeigt nichts von den 30 Jahren, in denen eine Verbindung funktioniert hat. Es ist brutal und lässt keine Hoffnung zu.

Und ich bin schuld, denn ohne mich wäre es nicht so weit gekommen. Ich trage die Verantwortung mit und bin genauso gescheitert, jedenfalls nach den Regeln dieser Gesellschaft. Wir beide haben als Ehefrauen versagt und uns nicht pflichtschuldigst in die Rolle der duldenden, ertragenden und alles verzeihenden Frauen begeben.

Wir haben ja zu uns selbst gesagt und nein zu einer Lebensform, die in unseren Augen nicht mehr erhaltenswert war. Alles richtig, alles gut. Warum trifft es uns dann so hart, wenn es amtlich wird?

Dieses Auf und Ab ist nichts Schreckliches, nichts, was man verändern müsste, sondern normal für ein buntes Leben, wie ihr es führt.

Hier haben wir mal wieder das Thema Entscheidung und Konsequenz. Ihr glaubt, Situationen vorhersehen, euch darauf vorbereiten und dann leichter damit umgehen zu können. Das geht nicht. Deshalb nützt es auch nichts, vorzubeugen oder sich vorher verrückt zu machen, denn es kommt sowieso anders als ihr es euch vorstellt. Alles ist anders, nichts wird beibehalten oder verliert an Gewicht, indem ihr versucht, euch mit dem Kopf vorzubereiten.

So war es auch nicht möglich, euch auf die endgültige Beendigung eurer Ehen vorzubereiten. Es trifft immer voll ins Herz, egal wie intensiv jemand meint sich vorbereitet zu haben. Niemand ist schuld an dieser Entwicklung, die Verantwortung tragen alle Beteiligten. Niemand hätte etwas anders laufen lassen können, wenn er sich anders verhalten hätte, denn alle, alle (!) haben die Entwicklung genau so gewollt, wie sie sich eingestellt hat. Alle wollen daran wachsen.

Lasst zu, dass es weh tut, aber macht euch nicht mit Schuldgefühlen das Leben schwer. Lasst die Schmerzen Teil von euch sein, nur dadurch wird es tragbar.

20 Erfolg

Es sind so viele Dinge, die mir durch den Kopf gehen.
Auf den ersten Blick haben sie nichts miteinander zu tun, aber bei näherem Hinsehen entpuppt es sich als zusammenhängend. Das Vorstellungsgespräch gestern war in vieler Hinsicht lohnend: ich habe erkannt, wie ich mich dargestellt habe und was ich unter Dienen verstehe. Mir wurde deutlich, was ich ausstrahle und wie es sich auswirkt.
Niemand hat je behauptet, es wäre leicht, ein Buch zu schreiben. Schriftsteller waren für mich immer die Größten, ich habe sie bewundert und genossen, was sie hergestellt haben. Ich habe Wörter, Wortspiele und Sätze gesammelt wie Schätze, und es war mir von jeher eine Freude, alles so zusammenzusetzen, dass es Spaß macht. Dies ist meine wahre Berufung und der Bereich, in dem ich erfolgreich sein möchte.
Damit wären wir beim Thema Erfolg und der Definition. Sabine sagte heute morgen zu mir: Erfolg hast du nur, wenn du zufrieden bist mit dem, was du tust, der äußere Erfolg ist zweitrangig. Geht es eigentlich allen Menschen so, dass sie den äußeren Erfolg an die erste Stelle stellen und den auf jeden Fall haben wollen? Genau wie das Hochgefühl, das entsteht, wenn ich äußeren Erfolg habe, trifft mich auch die Niedergeschlagenheit, wenn er ausbleibt.
Ganz abgesehen davon, dass ich versuchen werde, den Erfolg festzuhalten oder wieder aufleben zu lassen. So entstehen Verkaufsbücher: sie sollen anknüpfen an vorherige Erfolge und neue bringen. Ich würde dann so schreiben, wie man es sich vorstellt oder wie ich mir vorstelle, dass andere es sich vorstellen. Das heißt, dass ich als Autorin keine Rolle spiele, sondern meine Leserschaft bestimmt. Über mich, meine Arbeit, mein Tempo und meine Gefühle.
Nein, das ist es nicht, was ich will. Und dennoch läuft in mir so eine Schiene, die genau darauf abzielt. Das fängt damit an, dass ich dieses Buch in der Wir-Form schreiben möchte, weil es ja schließlich unsere gemeinsamen Erlebnisse sind und wir beide zu gleichen Teilen beteiligt

sind, ebenso wie die uns begleitenden Geistwesen eine große Rolle spielen und entsprechend ein Recht auf Erwähnung haben.

Außerdem glaube ich, ich allein hätte es nicht bewerkstelligen können, hätte nicht die Energie, Motivation, Kraft und die Quelle für die Themen. Ich hätte nicht die Rückendeckung, die Sabine mir gibt, wenn sie meine Texte liest und mir ihre Meinung dazu sagt. Ich merke, dass es wunderbar fließt, wenn ich es laufen lasse und dass ich tagelang blockiert bin, wenn ich denke, ich mache es nicht richtig oder so darf es nicht sein.

Damit wären wir mal wieder bei dem Wort „dürfen". Was heißt denn „ich darf" oder „ich darf nicht"? Wer außer mir kann beurteilen, was für mich richtig und angemessen ist? Messe ich mich da nicht auch wieder mit äußeren Maßstäben, die ich für wichtiger und richtiger halte als das, was in mir ist? Warum gebe ich anderen Menschen so viel Macht über mich, indem ich sie bestimmen lasse, was richtig ist?

Als ich diese Fragen aussprach, fragte Sabine mich, was ich mir wünsche, und sofort hatte ich die Vision, dass ein kleines Mädchen an die Wurzel geht, um festzustellen, warum nur ein paar kümmerliche Blätter auf dem Boden wachsen und nicht eine herrliche Eiche mit einem starken Stamm, vielen Ästen und der Selbstverständlichkeit, jedes Jahr im Herbst die Blätter abzuwerfen und im Frühjahr neue zu entwickeln. Ich möchte ein starker und kräftiger Baum sein, der schon von weitem sichtbar ist.

Es ist toll, dass du herausgefunden hast, was du sein möchtest. Die Eiche hat eine starke Bodenständigkeit, sie ruht in sich und gibt vielen Pflanzen in der Umgebung Bodenhaftung und Lebensraum. Dein Wunsch, die Blätter abzuwerfen und neu zu entwickeln zeigt deine Bereitschaft zu Veränderungen. Bisher war das nicht der Fall, du hast in erster Linie Sicherheit gesucht und Veränderungen gefürchtet. Das Dasein aber, das du jetzt führst, lebt durch die Veränderung.

Du veränderst dich, deine Umgebung und deine Ideen, um lebendig zu bleiben. Das ist nun der wesentliche Bestandteil deiner Zufriedenheit, nicht mehr die Sicherheit. Du merkst auch, dass Themen, die dich sonst bis ins Innerste erschüttert haben, dich nur noch an der Oberfläche berühren. Du merkst, dass einige Einschränkungen jetzt nur kurz ins Bewusstsein geholt werden müssen, um sich dann von allein zu verflüchtigen. Das ist das Ergebnis der jahrelangen harten Arbeit mit dir.

Es ist ein langer und schmerzhafter Weg von der kümmerlichen Bodenpflanze zum starken Baum. Das kleine Mädchen hat angefangen, die Ursache herauszufinden, und irgendwie hat die Frau von heute gar nicht mitbekommen, dass die stolze, starke Eiche schon lange steht. Sieh hin und genieße die Pracht, den Wuchs und die Stärke. Du bist von weitem sichtbar, es gehört einiges dazu, dich nicht zu bemerken. Selbst Leute, die nichts mit dir zu tun haben wollen, kommen nicht umhin dich zur Kenntnis zu nehmen, du bist bemerkenswert. Auch das ist ein Ergebnis deines ständigen Strebens nach Wachstum und deiner Freude an dem, was du tust.

Es steht noch eine Entscheidung an. Du musst dich entscheiden für dich selbst und für deine Stärke, deine Schönheit, deine Kraft und deine Vollkommenheit. Du wirst sehen, dass alle anderen Dinge, die dich beunruhigen oder dir deine Kraft und Energie nehmen, sich nach und nach von allein erledigen – wenn du sie lässt!

Diese Einschränkung deines Selbst hatte für dich einen großen Vorteil: eine Sicherheit, die aus der Wiederholung entstanden ist. Du hast dir wiederholt, dass du unscheinbar, unwichtig und nicht von Belang bist. Daran konntest du glauben, das war etwas, worauf du dich aufbauen konntest. Kein gutes Fundament, findest du nicht auch?

Jeder erfolgreiche Mensch wird dir bestätigen: mit Bescheidenheit ist nichts zu erreichen. Du hast versucht, deine Bescheidenheit, die dir schon als kleines Mädchen eingepflanzt wurde, zu einem prächtigen Baum wachsen zu lassen. Erst im Laufe der vergangenen Jahre hast du gelernt, hinzusehen und erkannt, dass Stärke und Kraft aus einer Selbstverantwortung heraus entstehen.

Du übernimmst die Verantwortung für das, was in deinem Leben geschieht, das heißt, die Bescheidenheit hat irgendwie ihre Berechtigung verloren. Sie passt nicht mehr, denn weshalb solltest du bescheiden sein?

Auch die Notwendigkeit, immer ganz ehrlich und offen zu sein, nichts zurück-
halten zu dürfen und sich stets für alles zu rechtfertigen, geht mit der Bescheiden-
heit einher. Du bist deinen Erfahrungsweg mit diesen Begleitern gegangen und
kannst sie nun verabschieden. Du hast an ihrer Stelle ein gesundes Selbstbewusst-
sein und ein untrügliches Gefühl für eine Situation oder Person und für alle Ge-
legenheiten im Leben entwickelt. Du kannst dich stets und ohne Vorbereitung auf
alles einlassen, was geschieht, du musst nichts und niemanden fürchten, du bist
frei. Frei. Frei!

Ich danke euch sehr.

Ich möchte jetzt noch eines wissen: wenn ich euch channele, das heißt wenn
ich euch um Hilfe bitte, ist es denn auch immer meins? Ich meine, nicht nur,
dass ich voll dahinter stehe und es mit trage, sondern auch, dass es in mir
entstanden ist, dass es meine Weisheit ist und ich prägend bin für das, was
kommt? Versteht ihr, worum es mir geht?

Ja. Wir sind deine Helfer, das heißt, dass wir dir anbieten können, auf welche Art
du eine Sache auch betrachten kannst. Wir geben dir die Impulse oder heben dich
kurz aus dir heraus, damit du in der Lage bist, das Ganze von oben und außer-
halb zu betrachten. Du bist befangen, wenn es um deine eigenen Angelegenheiten
geht, bei anderen hast du nicht nur ein sagenhaftes Gespür, sondern aufgrund dei-
ner Beobachtungsgabe auch mit dem Verstand ein hervorragendes Mittel, inner-
halb kürzester Zeit zu erfassen, worum es geht und wo der Haken liegt.

Also, wir holen dich aus der Befangenheit heraus und geben dir einen Impuls,
wie es außerdem betrachtet werden kann. Diese Impulse bringst du in Worte und
Sätze, um sie dir selbst klarer zu machen. Du benutzt uns als Hilfe, weil du dir
selbst nicht zutraust, die Zusammenhänge zu erkennen, weil du nicht glauben
oder nicht genügend vertrauen kannst, dass du allein in der Lage bist, diese Zu-
sammenhänge zu erkennen und Schlussfolgerungen daraus zu ziehen.

Nun ist unsere Aufgabe bei dir eigentlich beendet, denn du hast erkannt, dass du
uns eigentlich nicht brauchst. Du bist herausgewachsen aus dieser Konstellation
von Ratgebern und ratsuchender Person. Du bist zu weit, um dieses Spiel mit-
zuspielen.

Es kam zweimal das Wort „eigentlich" vor, da weder wir noch du wirklich wollen, dass diese Beziehung, die so eng und lebendig ist, beendet wird. Wir möchten sie fortsetzen, weil sie uns nicht nur Vorteile, sondern auch viel Freude bringt. Aber du sollst wissen, dass du ohne uns genauso gut zurechtkämst und keine Nachteile hättest. Und du sollst wissen, dass alles, was du brauchst zum Leben, in dir ist und hervorgeholt werden möchte. Ohne Bescheidenheit, ohne Scham und ohne Ängste.

21 Erwartungen

Hallo Michael, immer wenn ich bei mir bleibe und mich nach dem richte, was jetzt gerade für mich stimmt, kommt zwangsläufig das schlechte Gewissen. Gedanken wie „was aber, wenn ..." oder „sonst war doch auf mich immer Verlass" oder „kann ich das tun, werde ich dann noch geliebt?" verhindern, dass ich meine Interessen in den Mittelpunkt stelle.

In diesem Falle mache ich mir Gedanken – obwohl ich es gar nicht will! – dass ich nun nicht mehr an den See fahre, obwohl ich zu Katja gesagt habe, dass wir uns wahrscheinlich dort treffen. Was nun, wenn ihre Freundinnen schon nach hause fahren und sie meinetwegen da bleibt? Wenn sie enttäuscht ist, dass ich nicht komme?

Warum kann ich die Dinge nicht laufen lassen, sondern denke immer, ich muss zu allem stehen? Ich habe mich doch gar nicht fest mit ihr verabredet. Mit anderen Menschen klappt es schon ganz gut, es gibt nur noch zwei, bei denen ich einfach nicht die Kraft habe, bei mir zu bleiben. Wenn es um andere ging, haben Sabine und ich uns immer gegenseitig erinnert, gewappnet und stark gemacht. Genau wie bei Sabine habe ich bei Katja noch nicht die Kraft, meine eigenen Wünsche zu verwirklichen. Am liebsten würde ich jetzt sofort hinrasen, um zu sehen, ob es ihr gut geht.

Sie ist wieder verändert. Immer wenn wir länger als eine Woche nicht zusammen waren, spüre ich eine Veränderung an ihr. Es ist eine positive Entwicklung und ich freue mich, dass Katja glücklich ist und alles hat, was sie braucht. Aber ich fürchte, dass sie nichts mehr von mir wissen will. Alle Indizien sprachen dafür, sie hatte mich gestern nicht mehr angerufen, und heute morgen muss sie auch schon mehrere andere Gespräche gehabt haben, bevor ich „dran" war. Es hat mich gekränkt, ich fühle mich überflüssig. Dann habe ich gedacht: ist ja klar, dass sie nichts mehr von mir wissen will, ich bin schließlich meinen eigenen Weg gegangen. Habe ich es nicht so gewollt? So wichtig bin ich nicht, dass sie mich zuerst anruft oder sich freut, meine Stimme zu hören.

Es ist die Erwartung. Sie ist schließlich meine Tochter, und ich erwarte ständig irgendwelche „Liebesbeweise" von ihr – obwohl ich das gar nicht will! Ich will das nicht, um meinetwillen nicht und schon gar nicht um ihretwillen. Ich will nicht, dass sie sich verpflichtet fühlt, nur weil ich ihre Mutter bin!

Du sollst dir die Dinge ins Bewusstsein zu holen, mehr ist nicht zu tun. Aber es wäre noch einiges zu erkennen. Die Liebe verbindet zwei Menschen, sie wollen füreinander da sein und miteinander leben, sie wollen alles teilen und sich gegenseitig glücklich machen, und gerade hier gibt es die meisten Schwierigkeiten, weil die Erwartungen hoch sind. Die Erwartung, die man an den anderen hat genauso wie die Erwartung, die man an sich selbst stellt.

Bevor du dich mit den Erwartungen auseinandersetzt, die du an andere Menschen hast, solltest du in dich hineinspüren, was du von dir erwartest. Erwartungen, die du an andere stellst, resultieren aus dem Druck, den du dir selbst machst. Nichts macht mehr Druck als Erwartungen.

Betrachte noch einmal das innere Bild, das du von einer „vollkommenen" Mutter oder einer „perfekten" Partnerin hast. Du stellst dich in Frage, weil diese Bilder noch so viel Raum in dir haben. Die Bilder setzen sich zusammen aus Erfahrungen, Ratschlägen, Erkenntnissen und dem Vorleben der Menschen, die dir nahe standen und stehen. Nimm sie sorgfältig auseinander, prüfe jedes einzelne Teil und frage dich dabei, ob es deins ist oder übernommen wurde.

Wenn es nicht zu dir gehört – das erkennst du leicht daran, dass es dein Interesse sofort wieder verliert – vergiss es getrost. Wenn du spürst, dass es ein Teil von dir ist, nimm es in dein Herz und lass es da zuhause sein.

Du brauchst diese Aufgabe nicht methodisch anzugehen, sondern kannst in Ruhe abwarten, was die nächste Zeit dir an Anregungen und Aufgaben bringt. Beobachte dich selbst, deine Reaktionen und Gefühle. Horche in dich hinein, lass die Situationen aufleben und gib sie dann wieder her, mehr brauchst du nicht zu tun.

Zum schlechten Gewissen möchte ich noch ein paar Sätze sagen. Das schlechte

Gewissen wurde „erfunden", um den Menschen einzuschränken. Es schränkt sehr ein und verhindert Wachstum und Leichtigkeit. Mach dir klar, dass das schlechte Gewissen in deinem Leben nichts mehr zu suchen hat. Wenn du das nächste Mal Anflüge dieses Gefühls hast, hole es heraus und nenne es bewusst anders. Dir wird schon das richtige Wort dafür einfallen.

Ansonsten gilt: fühle um zu leben und lebe um zu fühlen.

Und wachse daran.

22 Alles dreht sich um das Essen

Im Moment habe ich das Gefühl, unser ganzes Leben dreht sich nur noch um das Essen: erlaubt oder verboten, weggedrückt oder genossen, Gemeinsamkeit oder einsame Wünsche – und natürlich tausend Hintergründe, Gründe, Erklärungen. Millionen kleiner und kleinster Schritte – teils ist der Erfolg sofort sichtbar, teilweise sehen wir gar nicht ein, was das jetzt wieder soll. Und mittendrin, in einem Wirbel von Gefühlen, Bedürfnissen und Gegebenheiten: zwei Gestalten ohne Boden unter den Füßen, zwei Gleichgesinnte auf dem Weg zu sich selbst durch das Labyrinth der Erkenntnisse und der Gefühle watend. Wir.

Ich hatte doch tatsächlich die Illusion, das Thema Essen würde mich nicht mehr ohne Pause beschäftigen. Ich glaubte, den Komplex „im Griff" zu haben, indem ich mir immer wieder klar machte, was gut ist für mich und was nicht. In den letzten Jahren habe ich eine Wandlung erfahren, die ich niemals für möglich gehalten hätte, und jetzt, aus der Zufriedenheit heraus mit meinem Körper und meinem Aussehen, geht es erst richtig ans Eingemachte.

Die gravierendste Erkenntnis in diesem Zusammenhang war, dass wir auf keinen Fall so sein wollten wie unsere Eltern. Und genau wie unsere Eltern, nur in ein anderes Mäntelchen gehüllt, haben wir gelebt: dieselben Grundmuster, Überzeugungen, Wahrheiten und Glaubenssätze. Vieles wurde so automatisch übernommen, dass wir es selbst nicht wahrnehmen konnten, und mindestens 90 % aller Dinge haben mit dem Essen zu tun, direkt oder indirekt.

Ich habe all das gewusst oder glaubte es zu wissen. Es war mir aus angelesenem und selbst erfahrenem Wissen bekannt, dass das Essen den Menschen prägt wie nichts anderes, und dennoch bin ich jetzt überwältigt und stehe fassungslos vor der Tatsache, dass es so ist.

Die Erfahrungen der letzten zwei Jahre haben mir eine gewisse Vernunft im Zusammenhang mit Nahrungsmitteln gebracht, nicht aber die Wünsche und Sehnsüchte ausgetrieben. Es war meine wertvollste, kostbarste und lehrreichste Zeit, aber die tiefen Grundmuster entlarve ich erst jetzt Stück für Stück. Nach allem, was ich erfahren habe über mich hätte ich nicht geglaubt, dass es mich noch einmal so tief erwischen könnte. Niederschmetternd tief und intensiv.

Sabine hat ein Brot gekauft, um mir eine Freude zu machen, und ich habe geweint vor Dankbarkeit. Es hat mir köstlich geschmeckt, obwohl ganz hinten im Kopf eine Stimme sagte: „Vorsicht Suchtgefahr!" Es hat mir gut getan, mitten am Tag etwas anderes zu essen als Obst, und ich bin satt und zufrieden. Aber seit Anfang unseres Urlaubs will ich mir einen Schokoriegel kaufen, der Wunsch verlässt mich nicht wieder. Ich habe mich damit auseinandergesetzt, was es für mich bedeutet, habe mir erlaubt, es zu besitzen und zu essen, aber gekauft habe ich es bis jetzt nicht. Was ist das – Feigheit? Angst?

Ich kann nicht erklären, was ich fürchte oder erhoffe von diesem blöden Schokoriegel. Es hängen ebenso viele Hoffnungen daran wie Befürchtungen. Als Sabine sagte, wir werden noch zu Gourmets, habe ich spontan erwidert, dass ich mich darauf freue.

Und das mir, wo doch die Angst, zu verhungern oder zu kurz zu kommen ganz tief in mir verwurzelt ist. Oder nicht? Ist es das, was ich noch loslassen sollte?

Das Karussell der Gefühle dreht sich. Nichts bleibt, nichts ist unverändert gut, auf nichts ist Verlass. Und ich drehe mich mit.

Allmählich verstehe ich den Satz:

Das einzig Beständige im Leben ist die Veränderung.

Ich lebe, also verändere ich mich.
Ich verändere mich, also lebe ich.
Das Leben ist Veränderung.

23 Einsamkeit

Wir haben lange davon geträumt, immer zusammensein zu können, zusammen zu wohnen und alles gemeinsam zu machen. Nun haben wir es schon seit einem Jahr, es ist wunderbar und leicht und bringt uns beide gut voran, und doch ist heute morgen zum ersten Mal das Wort Einsamkeit gefallen. Ich hätte es isoliert genannt, aber es trifft den Kern: ich fühle mich manchmal einsam.

Einsamkeit hat für mich etwas Erschreckendes, Unangenehmes, etwas, wovor ich mich fürchte. Es ist nicht die angenehme Form, wenn ich die Stille des Mit-mir-Alleinseins genieße, sondern die Einsamkeit, in der ich mich wie auf einem Einzelplaneten fühle. Und das verstehe ich nicht, denn wir haben uns doch gegenseitig und alles, was wir wollten.

Ich dachte, es läge daran, dass wir kaum noch Kontakt zu anderen Menschen haben, das isoliert ja auch enorm. Aber ist denn ein Kontakt sinnvoll, der immer nur von meiner Seite gewollt wird? Warum melden sich die anderen nicht auch einmal bei mir?

Du vermischt da einiges, deshalb kommst du nicht klar. Bleiben wir mal beim Thema Einsamkeit, unabhängig von den Erwartungen, die ihr aneinander habt und an euer gemeinsames Leben stellt. Wenn du an Einsamkeit denkst, welche Bilder entstehen dann?

Ich sehe eine große glatte Fläche, es könnte Eis sein. Weit und breit ist nichts, kein Baum oder Busch, kein Berg oder Tal. Ich sehe nur Glätte und Endlosigkeit. Ich betrachte meinen Schatten, der groß und bedrohlich wirkt, weil er allein steht. Ich sehe mich selbst nicht, nur meinen Schatten. Der Schatten wird geworfen durch eine überdimensionale Kerze, die hinter mir steht. Ich ducke mich, um kleiner zu sein. Jetzt wirkt der Schatten wie ein großer Stein, eckig und gewaltig. Ich fühle mich nicht wohl in dieser Haltung, obwohl sie mir von jeher vertraut ist: ich schränke mich selbst ein und mache mich klein.

Ich richte mich zu voller Länge auf, stelle die Beine auseinander und strecke die Arme von mir. Jetzt nehme ich die volle Fläche ein, der Schatten erinnert an eine Fledermaus.

Plötzlich verändert sich das Bild, der Schatten wirkt nicht mehr bedrohlich und auch nicht mehr so groß, obwohl ich meine Haltung nicht verändert habe. Die Fläche um mich herum bekommt neue Dimensionen und ist nicht mehr so glatt, dass ich darauf ausrutschen könnte. Leichte, wellige Hügel mit zartem Grün, viele Büsche, Bäume und blühende Blumen sind um mich herum.

Ich fühle mich gewärmt und begleitet. Ich bin nicht mehr allein, alles um mich herum lebt. Ich höre Vögel singen, Insekten summen und das Plätschern von Wasser. Wolken ziehen, die Sonne strahlt, es ist gut, dass ich eins bin mit der Natur. Ich bin allein und nicht mehr einsam. Der Schatten hat seinen Schrecken verloren.

Toll. Du siehst, dass du selbst deinen Schatten wirfst, es war keiner da, der deine Entfaltung verhindert. Du brauchst niemanden dazu, du machst alles in Eigenregie. Wenn du in den letzten Wochen viele Gespräche mit anderen Menschen gehabt hättest, wärst du aus diesem Stadium der Selbstfindung herausgeglitten und hättest dich so intensiv mit den anderen Personen beschäftigt, dass du nicht dazu gekommen wärst, deine Einsamkeit zu betrachten.

Es gehört Mut dazu, von Einsamkeit zu sprechen, wenn man in der Wunschpartnerschaft lebt und alles so läuft, wie man es erträumt hat. Und es verlangt eine Menge Mut, sich seine Schatten anzusehen und sie als Teil von sich selbst anzuerkennen. Ihr habt nun beides abgeschlossen und könnt euch bereit machen für die nächste Etappe des Weges. Die Einsamkeit musste einmal Erwähnung finden und in euer Bewusstsein kommen, und erlaubt euch, den Teil in euch zu leben, der Sehnsucht danach hat, hin und wieder für sich allein zu sein. Schafft euch die Möglichkeiten dazu und versucht, die gegenseitige Abhängigkeit zu überwinden.

Das Essen und die anderen Gemeinsamkeiten zeigen euch, was ihr tun könnt und was ihr schon erkannt und umgesetzt habt. Ihr wisst, dass nichts zufällig geschieht, auch nicht die Eßgewohnheiten der letzten Wochen. Ihr brauchtet sie als irdische Unterstützung für das geistige Erkennen und die seelische Auf-

arbeitung des Themas. Das Thema heißt Unterordnen, Unterwerfung, eigene Interessen zurückstellen zu Gunsten einer anderen Person, ob mit deren Einverständnis oder Bedürfnis oder nicht.

Ich fasse es nicht, dass du sagst, das Thema wäre abgeschlossen.

Heißt das: theoretisch erfasst, die Praxis folgt?

Ja, so ungefähr. Zunächst wird der Komplex geistig vereinnahmt, die Zusammenhänge erkannt und das Ganze sichtbar gemacht: Ursache, Verhalten, Muster und Möglichkeit des Ausstiegs.

Dann erlebt ihr die Situationen, die Klarheit bringen, um aus dem Muster aussteigen zu können. Bis dahin habt ihr alles, was euch in diesem Zusammenhang begegnet, als schmerzvoll, ungerecht oder gemein betrachtet.

Und dann? Ist es nicht viel zu schade, dass das Thema im Sande verläuft?

Du bist immer noch der Ansicht, es müsste knallen und die Situation ist verändert. Nichts Entscheidendes oder Gravierendes in eurem Leben verändert sich mit einem Knall. Nichts, was für euer Weiterkommen wirklich von Bedeutung ist, löst sich ohne intensive Vorbereitung und Erkenntnisse in kleinen Schritten. Und warum ist es schade, dass es nicht knallt? Was hättest du von diesem Geräusch?

Ich glaube, ich könnte das Ergebnis eher als Erfolg verbuchen. Oder leichter akzeptieren, dass ich eine Leistung vollbracht oder eine Veränderung bewirkt habe.

Ich hätte mehr Freude am Erfolg.

Das ist der Denkfehler. Freude am Erfolg soll nicht sein. Das beste Ergebnis aus einer Lernaufgabe ist ein lautloses Gleiten in die nächste Stufe. Und in eurer Welt zählt genau das Gegenteil, je lauter der Knall, desto größer die Freude und der Erfolg. Lerne, leise zu sein mit dir selbst und die kleinen Schritte zu bewundern, dann kommt die leise Freude und das leise Glück. Verstehst du?

Ich kenne schon das leise Glück und weiß es zu würdigen. Gib mir bitte noch etwas Zeit, mich vom Knall zu verabschieden, es sitzt zu sehr drin.

Hey, du wirst doch jetzt nicht einen Siebenjahresplan davon machen? Und bitte auch nicht zur Selbstbestrafung greifen, weil es sich nicht gehört, auf einen Knall zu warten. Lass es los, du hast es erkannt. Gib deiner neuen Erkenntnis die Chance, sich in deinem Leben einen Platz zu erobern, mehr brauchst du nicht zu tun. Und die Zeit, die du dafür brauchst, steht dir ohnehin zur Verfügung. Hast du noch Fragen?

Ja, da wir gerade beim Siebenjahresplan sind: sollen wir einen Plan machen, wie wir aus den schlechten Eßgewohnheiten aussteigen können, die sich wieder eingeschlichen haben? Oder sollen wir es laufen lassen? Ich glaube, ich kenne die Antwort schon. Auch wenn wir jetzt unglücklich sind, weil wir zugenommen haben, war es wichtig, genau diese Erfahrung zu machen, stimmt's?

Genau so ist es. Ausnahmen sind normal. Verlasst euch auf eure Gelüste und verzeiht euch auch, wenn die Mengen den Rahmen sprengen. Ihr habt immer wieder die Erfahrung gemacht, dass es sich von allein auflöst, wenn ihr genug habt.

24 Stets gern zu Diensten!

Lieber Michael, ich habe ein Problem, drehe mich im Kreis und finde einfach keinen Weg. Bitte hilf mir.

Es geht um Folgsamkeit. Das Wort an sich ist mir schon ein Horror, aber es drängt sich immer wieder auf und schiebt sich in den Mittelpunkt meiner Gedanken.

Ich habe also die ersten 40 Jahre meines Lebens damit verbracht, folgsam zu sein. Jeder hatte das Recht (oder sogar die Pflicht?) Anforderungen an mich zu stellen, und ich fand meine Erfüllung darin, diese folgsam zu erfüllen. Ist das so? Es macht mich wütend und hilflos, das nur zu denken. Ich habe das Wort aus meinem Wortschatz verbannt, weil es mir grausam erscheint. Ich möchte es nicht mit mir in Verbindung bringen und schon gar nicht immerzu gelebt haben!

Es sind kleine Situationen, die mich zur Verzweiflung bringen, weil ich fürchte, die Anforderungen anderer nicht erfüllen zu können. Katjas Anforderung – unausgesprochen – ist, körperlich anwesend zu sein, wenn sie sich nicht gut fühlt. Sabines Anforderung – ebenso unausgesprochen – die gegebenen Zusagen einzuhalten und sie zu begleiten bei dem, was sie nur tut, weil ich es mitmache.

Ich weiß, ich lade andere dazu ein, mich auszunutzen, anzufordern und auf mir herumzutreten. Ich brauche es geradezu und bin nicht zufrieden, wenn ich nicht als Fußmatte dienen kann.

Ich bin so wütend und verzweifelt! Wie soll ich denn jemals wissen, was ich will, nur ich, wenn immer schon mehrere Seiten da sind, die Anforderungen stellen? Wie soll ich herausfinden, was für mich gut ist, wenn ich gar nicht auf den Gedanken komme, mich selbst zu fragen, was ich – ich – ich – ich will? Wieso ich? Spiele ich denn irgendeine Rolle? Gibt es denn irgendwas, wozu ich nütze sein könnte, wenn nicht, indem ich anderen diene?

O, dieses verdammte Dienen!!! Wie ich es hasse, anderen zu dienen – „stets gern zu ihren Diensten!" Ich hasse mich dafür, dass ich immer dienen, dienen, dienen muss!!! Wozu, wo ist der Vorteil? Was habe ich davon, komme ich damit überhaupt einen Schritt weiter auf meinem Weg? Muss mein Weg mit Diensten gepflastert sein?

Keiner will im Grunde das haben, was ich vor sie werfe – sie wollen lieber alle in Ruhe gelassen werden und ihren eigenen Kram machen. Aber wenn ich mich ständig anbiete und das Drängen gar kein Ende nimmt ... dann nimmt man es doch huldvoll entgegen.

Ich will so nicht weitermachen. Das Problem ist nur: wie mache ich weiter? Ich habe nichts anderes gelernt, habe keine Erfahrungen außerhalb des Dienens. Wie lebt ein Mensch, der nicht ständig anderen zu Diensten sein muss, um wenigstens etwas Selbstachtung zu haben? Wie?

So habe ich dich ja noch nie erlebt. Brettere nicht so auf deiner Tastatur herum, sie geht noch kaputt. Ich möchte dir erst einmal helfen, den Weg aus der Verzweiflung zu finden. Es ist kein Grund zum Verzweifeln – freue dich, du hast den Knackpunkt erkannt! Jetzt weißt du, dass die Lösung schon ganz in der Nähe ist. Dazu sollte dir aber noch einiges klar werden.

Es ist nicht leicht, zu erkennen, dass man Dinge gelebt hat, für die man andere nicht gerade achtet. Du musstest in diese Sackgasse geraten, sonst hättest du eine Halbheit hinübergerettet in die nächste Stufe. Nichts mehr von außen, alles in dir finden ist die Devise auf der Ebene, die du erklommen hast. Nichts mehr im Außen suchen heißt sich ganz auf sich selbst zu konzentrieren und zu verlassen – ohne einen anderen Menschen, dem man die Verantwortung oder Schuld auch nur einer winzigen Kleinigkeit übertragen könnte.

Du allein gehst deinen Weg und stehst gerade für jeden kleinen Stein, über den du stolpern könntest – aber freust dich auch an jedem einzelnen Grashalm, der an der Seite deines Weges wächst und dafür sorgt, dass dein Weg grünt, blüht und angenehm verläuft. Alle Bäume tragen nun Früchte, sieh bitte hin und ernte, was du gesät, gehegt und gepflegt hast und wofür du die Reifezeit hast verstreichen lassen. Du hast dafür gesorgt, dass die Frucht jetzt zur Verfügung steht, also pflücke und verzehre sie oder erfreue dich an ihr als Ergebnis deiner Arbeit und deiner Geduld.

Ihr habt diesen schwierigen, langwierigen und steinigen Weg gemeinsam be-
gonnen in der Hoffnung, dass es einfacher ist, ihn zu zweit zu bewältigen.
Ihr habt euch gegenseitig gewarnt vor Gefahren, da ihr für die andere auf-
merksamer wart als für euch selbst. Der Weg ist lang, ihr geht ihn Hand in
Hand und habt viele Schwierigkeiten gemeistert, nicht ohne die dazugehö-
rigen Auseinandersetzungen, aber immer im Glauben, dass es gemeinsam
leichter ist. Nun kommt die Wegstrecke, auf der ihr zwar noch nebeneinan-
der geht, aber euch nicht mehr an den Händen haltet. Eure Gehversuche sind
ähnlich wie bei einem Kleinkind, das laufen lernt und die ersten Male die si-
chere Hand der Eltern loslässt.

Ihr werdet das eine oder andere Mal straucheln oder fallen, aber das ist wich-
tig für den weiteren Weg. Nur eigene Erfahrungen sind intensiv genug, dass
man Rückschlüsse daraus zieht. Ihr habt schon oft die Erfahrung gemacht,
dass ihr selbst durch eine Situation gehen müsst, die ihr zwar in der Theo-
rie schon kennt und aus der Anschauung anderer nachvollziehen könnt, al-
lerdings ist die eigene Art des Herangehens entscheidend für das, was ihr in
euch speichert.

Du solltest jetzt alles, was du für Sabine als wertvoll und richtig erachtet
hast, auf dein eigenes Leben projizieren. Denke immer daran, was du ihr
raten würdest, wenn sie in deiner Haut steckte, und mach einfach so weiter
wie bisher. Gib dem Kleinkind einen Bauklotz in die Hand und es wird sich
fast so sicher fühlen wie an Mutters oder Vaters Hand. Nimm dir einen Bau-
klotz und damit Ruhe und Geborgenheit, denn alles, was du in eurer Bezie-
hung finden kannst, wohnt auch in dir. Finde es, halte nicht länger die Au-
gen geschlossen, weil du die Unentbehrlichkeit sowohl haben als auch geben
möchtest.

Auch ohne die Unentbehrlichkeit werdet ihr zwei euch noch eine Menge zu
schenken haben und viel voneinander haben wollen.

Nun zu dem Punkt, dass du nicht weißt, was du willst. Es ist ganz natürlich,
wenn man dein bisheriges Leben betrachtet, dass du es nicht wissen kannst,
das heißt aber auf gar keinen Fall, dass du ein schlechter Mensch bist oder ein

Versager – im Gegenteil, du hast genau das gelebt, was du erfahren wolltest.
Das heißt auf gut Deutsch: DU HAST DEINEN EIGENEN PLAN ER-
FÜLLT. Gibt es etwas Befriedigenderes?
Es ist leicht, herauszufinden, was du willst. Der Wille entsteht nicht im
Kopf, nicht im Abwägen von Eventualitäten und auch nicht im Erfül-
len der Planungen anderer, sondern der Wille sitzt in deinem Bauch. Dein
Bauch macht schon längere Zeit auf vielfältige Weise auf sich aufmerksam,
lausche bitte in dich hinein.

Geht nicht, ich lenke meinen Bauch gerade ab, indem ich ihn mit einem Apfel ruhigstelle. Im übrigen bin ich wütend und bockig. Ich will
nicht!!!

Gut, das gefällt mir. Das erste Signal: du willst nicht und bist bockig.

Zunächst einmal habe ich den Apfel weggelegt. Ich möchte wissen, wie
ich richtig bin, verstehst du? Richtig, echt, ich. Ich möchte nicht mehr
wissen, wie andere mich am liebsten haben wollen oder wie ich sein
muss, damit es leichter ist für andere. Ich möchte unbequem sein und
zeigen, dass ich anders bin als alle mich haben wollen.

Ich beklage mich, dass viele Menschen nichts mehr von mir wissen wollen. Tief in mir fühle ich mich schuldig, dass meine Mutter mich nicht
mehr sehen will, meine Großmutter mit mir zürnt und meine Schwiegereltern mich gestrichen haben. Ich fühle mich schuldig, denn sie hätten es
nicht getan, wenn ich artig gewesen wäre.

Ich habe das getan, was ich in mir gefühlt habe und nun große Probleme, dazu zu stehen.

Ich vergesse auch niemals, zu erwähnen, dass ich das alles ohne Sabine
nie geschafft hätte – ohne ihre Hilfestellung, ihre Aufmerksamkeit, ihre
Kraft, ihre Liebe. Ich kann alles, was im letzten Jahr passiert ist, gar nicht
als meinen Erfolg verbuchen, denn ich habe mich ja immer auf sie ge-
stützt und von ihr Ruhe, Sicherheit und Kraft bekommen. Wie kann ich
stolz auf mich sein, wenn ich nur genommen habe?

Und wieder nehme ich nur, bis an ihre Grenze, wie sie mir heute abend
gezeigt hat. Schon oft habe ich gedacht, dass man mit mir einfach nicht

leben kann – ich merke nicht, was erwartet wird oder was richtig wäre, ich nehme mir nur und habe nichts zum Ausgleich anzubieten.

Das ist das Thema, an das ich immer wieder gerate, zusammen mit meinem Nicht-Wertgefühl, weil ich kein Geld verdiene. Ich habe diesen Scheiß (Entschuldigung!) so satt, ich kann es gar nicht sagen. Warum muss ich immer, immer wieder dahin? Warum komme ich immer wieder in die Situation, nichts geben zu können? Was läuft da so quer?

Ich weiß genau, dass ich dir nicht mit Argumenten kommen kann, die du schon tausendmal im Kopf bewegt hast. Ich möchte dir zeigen, was du zu geben hast. Bitte schließe die Augen, geh in dein Zentrum und sieh dir an, was da ist. Einfach so, sieh hin!

Ich sehe hellblau, leichte Wellen. Sonnenstrahlen blitzen auf den Wellen und machen alles lebendig. Das Wasser ist kraftvoll und frei, es wirkt nicht begrenzt und es sieht auch nicht so aus, als würde es nur in eine Richtung fließen. Ich sehe aus dem Wasser eine Gestalt aufsteigen, wunderschön und zart. Die Gestalt schimmert in allen Regenbogenfarben und wirkt äußerst anmutig. Das Lächeln wirkt entrückt und fern von der Realität.

Der Körper ist so zart und durchscheinend, dass man ihn kaum erkennen kann, und doch ist er stark und kraftvoll. Die Fee, anders kann ich sie nicht nennen, schwebt auf mich zu und legt alle ihre Arme – es sind wohl sechzehn – um mich. Ich bin sie und ich, das Wasser, innen und außen. Ich beobachte die Szene und bin mittendrin. Ich fließe mit dem Wasser und verschmelze mit den Farben des Regenbogens. Alles, was ich an dieser Fee bewundere, ist nun in mir und an mir. Ich sehe an mir herunter und fühle Leichtigkeit und lichte Farben. Ich sehe Fröhlichkeit und Erkennen, werde emporgehoben und finde mich leicht schaukelnd in den Wellen. Alles fließt und ist leicht, ich fließe mit und genieße es, Teil des Ganzen zu sein.

Es fühlt sich beschwingt und offen an.

Ich weiß, ich bin und bin doch nicht.

Das alles fand in meinem Bauch statt. Wenn ich jetzt meinen Körper betrachte, der hier sitzt, sehe ich Weisheit, Kraft, Frieden, Ruhe und Liebe, Liebe, Liebe. Ich sehe, dass alles ausreichend vorhanden ist und jederzeit von mir wegfließt, um wieder zu mir zurückzukehren. Ich sehe Güte und Mitgefühl und Freude und Lachen und Helligkeit und Geist. Ich sehe Fähigkeiten, besondere Gaben und die Liebe. Ich sehe Frieden mit mir.

Michael, ich danke dir von Herzen. Ich kann mich sehen, du glaubst gar nicht, was das für mich bedeutet! Ich sehe mich und dass ich eine Menge zu geben habe. Nichts davon wäre mit Geld zu vergleichen, es ist alles so, wie ich es mir gewünscht und erträumt habe.

Eben war ich noch so verletzt und wollte nie mehr mit Sabine reden, aber jetzt habe ich es eilig, es mit ihr zu teilen. Ich bin glücklich!

25 Das innere und das äußere Dicksein

Das war ein bewegender Tag, obwohl ich im Moment gar nicht sagen kann, was mich so sehr beschäftigt hat. Eine Sache möchte ich gern noch loswerden, es hat mit der unglaublich dicken Frau zu tun, die wir heute im Fitness-Studio gesehen haben. Es hatte etwas Erschreckendes, beim Hereinkommen diese gewaltige Person auf dem Liegefahrrad zu sehen. Bei jeder Bewegung ging der Bauch hoch, sie nahm irgendwie alles ein. Ich habe mich für meine Gedanken geschämt, denn ich sah ja schließlich auch mal schlimm aus. Außerdem gehört eine Menge Mut dazu, sich so zu präsentieren, und sie tut etwas für sich.

Als ich zuhause war, tat sie mir furchtbar leid, weil alle sie angestarrt haben, ich eingeschlossen. Sie ist doch ein Mensch mit Empfindungen, es muss ihr sehr wehgetan haben – wie mir damals. Ich weiß noch, wenn ich im Schwimmbad war und jemand lachte, war ich sicher, dass sie sich über meine Figur lustig machten. Ich habe nirgendwo hin gesehen, um nicht bestätigt zu finden, dass man mich anstarrt. Ich fühlte mich schrecklich und fand die ganze Situation ungerecht, denn schließlich ging ich zum Sport, um etwas zu ändern.

Als mich vorhin das heulende Elend überkam, zunächst aus Mitleid mit der Frau, dann aus Mitleid mit der alten, dicken Eva, wurde mir bewusst, dass ich innerlich noch gar nicht wahrgenommen habe, dass ich schlank bin und mich nicht mehr verstecken muss. Deshalb wahrscheinlich die alte Solidarität, die mich verpflichtet, nicht einmal schlecht zu denken über jemanden, der dick ist. Ich konnte in den letzten Wochen schon mal lästern, habe mich aber sehr zurückgehalten, denn was ist, wenn ich wieder zunehme? Dann habe ich über andere gelästert und muss es auch ertragen, nicht mehr als Opfer, sondern aus einer anderen Position heraus, selbstverantwortlich irgendwie. Die Angst, wieder dick zu werden, sitzt ganz tief in mir.

Natürlich sitzt in dir noch die Angst, du hast ja auch in der Zeit, als du dick warst, sehr gelitten. Aber bedenke bitte, dass du aus verschiedenen Gründen gelitten hast, denn du hast sehr vieles mit dem Dicksein erklärt. Das ist einer der Gründe, warum du dich entschieden hattest, in diesem Leben Übergewicht zu haben: man sieht dir auf den ersten Blick an, dass etwas nicht stimmt. Viele andere, die Suchtprobleme haben, können sie zumindest vor dem ersten Blick verbergen, ein dicker Mensch kann das nicht. Du wirst auch niemals sicher sein vor dem Dickwerden, aber die Voraussetzungen werden ganz anders sein. Wenn du es überhaupt noch einmal benötigst.

Davon mal abgesehen, wollen wir einen Punkt genauer beleuchten, die Selbstbestrafung über das Essen – oder die Selbstbelohnung, wie du es gerade empfindest. Du führst dir etwas Süßes oder etwas Besonderes zu, wenn du unglücklich, sauer, verzweifelt oder unzufrieden bist, und tust dasselbe, wenn du dich belohnen möchtest, eine besondere Situation noch außergewöhnlicher sein soll oder liebevoll zu dir selbst sein willst.

Du machst keinen Unterschied in der Wahl der Mittel, deshalb kannst du den Genuss auch nicht vertiefen mit denselben Dingen, die deiner Selbstbestrafung dienen.

Unterscheide bitte noch zwischen diesen Gefühlen und mache dir vor jeder Mahlzeit klar, was du willst, wie viel es sein soll und ob es dir Freude macht. Es geht nicht darum, dir etwas zu verbieten, sondern um das genaue Hinsehen und Bewusstmachen.

26 Fasten und Loslassen

Guten Abend, Michael, gerade waren wir im Wald, heute hat uns einmal wieder die Katze begleitet. Wir haben es schon einige Male erlebt, dass sie hinter uns hergelaufen ist, teilweise mitten auf der Straße sitzen blieb und ganz jämmerlich gejault hat. Wenn das so war, sind wir umgekehrt, weil wir vermuteten, dass sie uns warnen wollte. Heute drehte Sabine sich um und sagte: „Kein Wunder, dass sie uns warnt, es ist alles dunkel im Wald."

Da wir beide keine Angst hatten, gingen wir weiter und holten unseren geistigen Begleiter Bremborius zur Hilfe. Er konnte uns sagen, warum wir uns unwohl fühlen:

„Das Dunkle, das ihr in diesem Wald seht, sind eure Gewohnheiten. Ihr habt jetzt die Gelegenheit, sie hinter euch zu lassen."

Wir waren erleichtert, dass es unsere eigene Dunkelheit war, die wir dort gesehen haben.

Bremborius sagte: *„Geht meditativ durch den Wald, lasst hochkommen, was in euch entsteht, und dann lasst es los."*

Es ist angenehm, auf dem weichen Waldboden zu laufen, und es ist leichter, im Laufen etwas loszulassen. Bei mir ging es sofort los, ich hatte das Gefühl, ich wate bis zu den Knien in einer Matsche aus Mayonnaise, Soßen und Negerkussmasse. Es war schwierig, sich durchzukämpfen. Gleichzeitig fielen mir viele Dinge ein, die ich gern und oft gegessen habe: Lakritzen, Pralinen und Kekse, Torten, Kuchen, Pizza, Nudelgerichte und Kartoffelsalat. Auch Sabine begann aufzuzählen, zunächst fiel ihr nur Grießpudding mit Rosinen ein, aber dann folgten Braten, Fleisch, Wurst und Käse und zum Schluss erwähnten wir Brot, Kartoffeln, Pommes Frites und Kaffee.

Wir ließen sie alle hochkommen und noch einmal ganz breit werden, dann konnten wir eine Sache nach der anderen hinter uns lassen. Einige Dinge fielen mir mehrmals ein, z. B. Lakritzen und Kekse, die ich für mein Leben gern gegessen habe.

Wir sind wohl eine Stunde so gelaufen, und immer, wenn etwas kam, haben wir es wieder ausgesprochen. Die Dinge flossen zuerst wie ein breiter Strahl und nachher wie ein dünnes Rinnsal aus unserem Wurzelchakra heraus. Wir liefen so lange, bis der Strom immer spärlicher wurde und schließlich ganz aufhörte. Bremborius lobte uns und sagte: *„Jetzt habt ihr den ersten Teil des Loslassens hinter euch gebracht."*

Als zweiten Teil sollte Sabine ein Bild malen und ich ein Kapitel meines Buches diktieren, was ich hiermit tue. Ich sitze vor dem Kaminfeuer, die Atmosphäre ist wunderbar.

Mir wird klar, wie wichtig mir das Essen immer war und was für eine große Rolle es in meinem Leben spielt. Das Essen war mir ein Begleiter, es hat mich getröstet, Frust genommen, Geborgenheit geschenkt und Ersatzbefriedigung verschafft. Jetzt weiß ich auch, warum ich so große Angst hatte vor dem Fasten, das Wort allein hat mich schon in Panik versetzt. Was hätte ich damit alles hergegeben!

Am meisten beschäftigt mich das Frustessen. Wie oft habe ich das praktiziert! Wenn etwas nicht gelaufen ist, wie ich es mir vorgestellt hatte, habe ich erst einmal etwas zu essen gemacht. Habe ich mich gelangweilt oder wusste nichts mit mir anzufangen, habe ich gegessen. Schon auf dem Rückweg vom Einkaufen habe ich gegessen, und ich habe viele, viele Gelüste gehabt, denen ich auch oft nachgegeben habe.

Bremborius sagte: *„Macht euch klar, dass ihr alle Sachen, die ihr jetzt losgelassen habt, nicht wieder in euren Speiseplan aufnehmen werdet, höchstens in Ausnahmefällen, wobei einmal die Woche schon zuviel ist."*

Ich verstehe nicht ganz, was das bedeutet. Ich habe mich jetzt so sehr daran gewöhnt, von Obst zu leben und es geht mir so gut dabei, dass ich sagen kann: es wird mir nichts fehlen. Aber wenn die Gelüste mich wieder einholen, dann fühle ich mich schrecklich. Gestern abend hatte ich auf einmal eine ganz großen Appetit auf Bockwurst mit Brötchen und Senf. Es lässt mich nicht wieder los, immer muss ich nur daran denken. Ich weiß nicht, wie ich damit klarkommen soll.

Und was heißt „hinter sich lassen"? Dass es mich jetzt nicht mehr berührt? Heute mittag mussten wir noch einkaufen, und es war nicht leicht, die riesigen Regale mit Schokolade, Süßigkeiten und Keksen zu sehen. Wird es mir eines Tages gelingen, an diesen Regalen vorbeizugehen wie an Zigarettenschachteln, ohne dass es mich im Geringsten stört? Ich hätte auch nie gedacht, dass es mich einmal nicht mehr reizen könnte, Zigaretten zu rauchen. Ich gebe ehrlich zu, dass ich es mir im Moment noch nicht vorstellen kann, aber ich gerate auch nicht mehr in Panik, und das ist schon enorm.

Sabine hat mir erzählt, dass es für sie schon einmal selbstverständlich war, von Rohkost zu leben. Ich habe sie gefragt, was sie letztes Endes wieder davon abgebracht hat, und sie sagte: „Ich hatte niemanden, der es mit mir zusammen gemacht hat, im Gegenteil, mein Mann hat dagegen gearbeitet. Ich wollte auch nie wieder Kaffee trinken und war schon so weit, nur noch am Nachmittag eine Tasse zu nehmen. Aber dann duftete es immer so gut im Haus, und irgendwann habe ich wieder eine Tasse mit getrunken. Und dann war ich wieder im Kreislauf."

Ich bewundere Sabine für die Stärke, die sie zeigt, für das Selbstverständnis, das sie ausstrahlt, für die Sicherheit und Ruhe, die sie für uns beide hat. Sie hat auch mal Gelüste, aber es ist nicht so stark wie bei mir. Manchmal komme ich mir ganz klein und hässlich vor neben ihr, aber vielleicht kann ich auch einen anderen Umgang mit dem Essen erreichen, wenn der Reiz sich verändert.

Wenn jemand vom Fasten gesprochen hat, habe ich das immer ganz weit von mir gewiesen, und jetzt bin ich mittendrin und habe ganz viel Mut. Ich denke: was auch geschieht, ich überlebe es. Essen ist nicht alles, längst nicht alles. Ich sollte mir vielleicht jetzt noch viel mehr bewusst machen, wie schön das Leben ist und wie viele Dinge es gibt, die mir Freude machen.

Es handelt sich um eine schlechte Angewohnheit, zu bestimmten Zeiten des Tages an einem bestimmten Ort Platz zu nehmen, um etwas zu essen, ob Hunger da ist oder nicht. Es ist eingekauft und vorbereitet worden, also wird es auch gegessen.

Soeben ist Sabines Bild fertig geworden, es ist phantastisch und hat eine ganz starke Wirkung. Ich versuche einmal, es zu beschreiben: im Mittelpunkt steht ein Mensch, die Arme ausgebreitet. Seine Chakrafarben sind eingezeichnet, am stärksten strahlt der Solarplexus zu allen Seiten gelb. Der ganze Körper ist von zartem Rosa umgeben, der Hintergrund des Bildes ist türkis bis blau. Es wirkt strahlend und klar. Der Titel des Bildes könnte sein „Der Mensch in seiner geistigen Wirklichkeit" oder „Ein Kanal", denn so stelle ich mir einen reinen Kanal vor.
Ich lasse es Sabine selbst beschreiben. „Ich glaube, ich habe mich selbst gemalt, vielmehr ist es ein Wunschbild, denn ich sehe: je reiner und klarer ein Mensch ist, desto stärker ist er angeschlossen ans Universum. Man merkt nicht mehr, wo die Energie des Universums aufhört und der Mensch anfängt, es ist ein Geben und Nehmen. Gleichzeitig sehe ich auch, dass man dabei ganz fest auf dem Boden steht, die Figur schwebt nicht. Die Arme sind nach oben gereckt und die Hände ganz geöffnet, sie geben und empfangen gleichzeitig. Alle Farben sind rein und klar.
Ich hoffe sehr, dass ich das einmal erreiche oder zumindest annähernd erreiche. Ich würde einige Opfer bringen, um diese Reinheit und Klarheit zu erreichen, und das hat auch mit der Ernährungsumstellung zu tun."

Heute ist unser 31. Fastentag, und ich kann es immer noch gar nicht glauben, dass so viel Zeit vergangen ist. Mit jedem Tag fühle ich mich besser. Es gibt immer wieder Sehnsucht nach Nahrungsmitteln oder Gelüste, und ich habe dem auch hin und wieder nachgegeben, allerdings mit fürchterlicher Reue, denn danach hatte ich wieder die gleichen Schwierigkeiten wie zu Anfang: Hungergefühle und mehr Lust auf Essen.
Körperlich fühle ich mich unwahrscheinlich wohl, innen wie außen. Es sind verschiedene Reinigungsprozesse in Gang, das merke ich an den Schmerzen und Blutungen, aber ich weiß ja, was es bedeutet. Immer

wenn ich blute, lasse ich wieder etwas los. Und gerade heute habe ich in einem Buch gelesen, dass manche Schadstoffe über das Blut ausgeschwemmt werden. Dann ist es eben so, ich kann anders damit umgehen, seitdem ich weiß, dass es mir hilft.

Wir waren heute wieder im Wald, wo wir schon sehr viele Dinge gelöst und gelassen haben. Es ist ein ungemütlicher Tag, sehr windig und nicht gerade warm, trotzdem ist es schön, einzutauchen. Wir waren schon fast wieder auf dem Rückweg, als ich das Bedürfnis hatte, noch etwas dazulassen. Wir sind noch einmal dieselbe Runde gegangen, und plötzlich konnte ich erkennen, dass noch vier Steine in mir sind, die mich blockieren.

Der erste Stein war sofort sichtbar, ich erkannte, dass er für die Trauer um verpasste Gelegenheiten steht. Ich weiß, dass diese Trauer keine Berechtigung hat, und trotzdem füllte sie mich noch einmal ganz aus. Ich wollte etwas tun, und da ich keinen Stein finden konnte, nahm ich einen dicken Ast, legte die ganze Trauer hinein und warf ihn so weit wie möglich von mir weg. Das Gefühl, das dann in mir war, kann ich nicht richtig beschreiben. Mein Bauch war fest und hart und es vibrierte darin, es war, als wollte etwas heraus. Wie in den letzten Monaten der Schwangerschaft, als das Kind von innen in den Bauch getreten hat.

Dann sah ich den zweiten Stein, der in der Galle saß, eine giftgrüne Kugel. Ich bat Sabine, die Kugel herauszunehmen, sie griff einfach zu und holte sie aus der Galle. Ich habe die Stelle noch lange gehalten, weil es schmerzte; meine Galle hat sehr gelitten. Die Kugel hatte den Namen Selbsthass.

Wenn es auf einmal so leicht geht, warum ist es nicht schon viel eher geschehen? Sabine erinnerte sich plötzlich an eine Information: „Um eure ganzen Altlasten loszuwerden, solltet ihr 30 Tage fasten." 30 Tage, das war für mich eine utopische Zahl, nun liegen sie tatsächlich hinter uns und wir ernten die Früchte.

Während wir weitergingen und ich noch mit dem beschäftigt war, was ich gerade erlebt habe, spürte ich auf einmal einen riesigen Stein auf meinem Rücken, wie Obelix seinen Hinkelstein trägt. Jetzt wurde mir die ganze Schwere bewusst. Sabine blieb hinter mir und sagte: „Auf dem Stein steht groß und deutlich: FRUST". Wie immer im Wald war Bremborius mit seinen Leuten in der Nähe. Sie waren so freundlich, mir den Hinkelstein abzunehmen und damit zu verschwinden. Ich staunte, dass nun alles so leicht ist.

Jetzt fehlte also nur noch einer. Ich suchte überall in mir und stellte fest, dass er erbsengroß war und in meinem Gehirn saß. Es war die Sperre, die ich selbst eingebaut hatte: wenn ich schlank und zufrieden bin, werde ich überheblich, habe keinen Boden mehr unter den Füßen und verliere jeglichen Sinn für Realität. Diese Sperre hat mich mein Leben lang begleitet. Ich konnte mir nicht vorstellen, wie ich eine Erbse aus dem Gehirn bekomme, also sprachen wir über andere Dinge und gingen weiter. Nach einer Weile sagte Sabine: „Sieh mal nach, ob sie überhaupt noch da ist." Tatsächlich, sie war verschwunden, ich konnte sie nicht mehr entdecken.

Ich bin frei von den Steinen, die ich mit mir herumgeschleppt habe! Leicht und beschwingt gingen wir weiter. Es ist interessant, dass der Stein des Selbsthasses, der in meiner Galle saß und so groß war wie eine Christbaumkugel, genährt wurde durch Brötchen. Das ist das einzige, was ich mir in den letzten Wochen als Sünde gegönnt habe, weil ich einfach nicht widerstehen konnte. Jetzt beginnt wieder ein neuer Abschnitt in meinem Leben, keine Begrenzung und Einengung, keine Schwere mehr.

Ich habe in den letzten Tagen mit vielen Menschen über unsere Ernährungsumstellung gesprochen, und es wurden mir viele Fragen gestellt. Ich bin froh, dass ich auf alles eine befriedigende Antwort parat hatte, denn ich weiß längst noch nicht alles. Heute stellte ich fest, dass Fragen, die von anderen kommen, auch noch in mir sind und geklärt werden wollen. Der Prozess ist eine intensive Auseinandersetzung mit dem Thema: wie gehe ich mit meiner Ernährung und mit meinem Körper um? Gerade habe ich einen Channel vom Juni 1995 geschrieben, dort wurde uns gesagt: „Euer Körper gehört auch uns, sorgt für ihn und haltet ihn rein. Es ist egal, welche Erfahrung ihr mit dem Körper macht, ob ihr ganz behutsam mit ihm umgeht und liebevoll für ihn sorgt oder ihn martert und quält: die Erfahrung ist wichtig, darauf kommt es an."

Ich bin von einem Extrem, völlig unbewusst zu essen, in das andere, ausschließlich Rohkost, gegangen. Ich fühle mich sehr gut dabei, es ist eine Chance, meinen Körper zu reinigen von den Altlasten der letzten Jahrzehnte und ihm Erholung zu gönnen vom ständigen Wiederauffüllen. Ich habe dadurch eine geistige Klarheit gewonnen, die mir vieles leichter macht und meine Erfahrungen in einem anderen Licht erscheinen lässt. Und ich habe mir bewiesen, dass es geht.

27 Spontaneität

Hallo Michael. Heute weiß ich gar nicht, worüber ich schreiben kann, denn es gehen mir tausend Dinge im Kopf herum.

Vertraue deinen Fingern, sie finden die richtigen Tasten. Und dann hast du ja noch mich – ich sorge dafür, dass dir der rote Faden erhalten bleibt und du dein Innerstes beschreibst.

In diesem Jahr empfinde ich den November gar nicht grau und trüb, sondern sehe die Farben und freue mich, wenn die Sonne scheint. Gerade habe ich den Dreh bekommen, etwas für mein Zimmer zu tun und Vorbereitungen für mein Arbeitszimmer zu treffen, und mit jedem Tag wird es etwas wohnlicher, behaglicher und mehr meins. Mit dieser Aufgabe bin ich ziemlich stark beschäftigt, und ich stelle voller Staunen fest, dass ich mich nur auf diese eine Sache konzentrieren kann. Wo ist die Powerfrau geblieben, die stolz darauf war, immer sieben Dinge gleichzeitig regeln zu können? Wo ist meine berühmte Flexibilität abgeblieben, auf die ich mich stets verlassen konnte als eine wichtige Säule für mein Selbstbewusstsein?

Im vergangenen Jahr habe ich mich derart verändert, dass ich selbst Probleme habe, mich wiederzuerkennen, aber das ist mir noch gar nicht aufgegangen. In meiner Bürozeit und auch in der Zeit als Mutter war ich stets „vielköpfig", ich plante, organisierte, machte alles gleichzeitig und parallel, konnte blitzschnell von einer Situation in die andere springen, sei sie geistiger oder irdischer Natur und war in der Lage, alles im voraus zu bedenken und zu berücksichtigen. Wo ist das alles geblieben?

Heute bin ich mit einer Sache pro Tag so stark beschäftigt, dass ich gar nichts weiter hinzunehmen möchte. Ich plane nicht mehr, bedenke nichts mehr im Voraus und habe Mühe, Daten und Termine im Kopf zu behalten.

Letzten Endes möchte ich spontan leben und fühle mich damit auch am wohlsten, aber irgendwie bedaure ich doch, dass nichts davon übrig geblieben ist. Nun kommt natürlich prompt die Frage, welche Vorteile es für mich hatte, so flexibel zu sein. Andere haben mich stets dafür bewundert und dies auch zum Ausdruck gebracht, also hat es zu meinem Selbstbewusstsein beigetragen. Heute lege ich nicht mehr so viel Wert darauf, was andere von mir denken und halten, und was habe ich schon von Bewunderung? Für mich hatte es den Effekt, dass ich mehr und mehr erreichen wollte, um mir diese Bewunderung zu erhalten. Dabei habe ich mich selbst vergessen und nicht mehr auf meine eigenen Bedürfnisse geachtet. Es war also eine reine Sache nach Außen, um anderen zu demonstrieren, was ich alles kann. Sicher hatte dies die Wirkung, dass andere sich klein oder schlecht daneben fühlten.

Stop – Michael, was läuft hier schief?

Du vermutest gerade, wie andere mit dir oder dem, was du lebst, umgehen. Du sollst bei dir bleiben, nur das ist interessant.

Danke. Ich frage mich gerade, was mein Buch wohl ohne dich wäre. Nur halb so interessant, stimmt's ?

Ohne falsche Bescheidenheit: ein wesentlicher Faktor würde fehlen, und auch für dich wäre es nicht so interessant ohne meine Mitarbeit. Aber frage dich doch einmal, was dein Buch ohne dich wäre und ohne das, was du erlebst!

Ohne mich – das ist das große Problem.

Nie habe ich mich wichtig genommen, ich fange gerade erst damit an und muss mich ständig daran erinnern, dass ich einen Wert habe. Als ich hierher zu Sabine zog, hatte ich das starke Bedürfnis, mich möglichst nahtlos einzufügen in ihren Tag, ihre Umgebung und ihr Leben. Ich wollte auf gar keinen Fall, dass meinetwegen irgendwelche Umstände gemacht wurden, dass ich Unbequemlichkeit oder Unruhe verursache. Sabine hat das so nie gewollt und auch nicht so empfunden, bis wir uns in den letzten Tagen darüber unterhalten haben.

Wie vorauszusehen, setzte ich mich sehr unter Druck mit dieser Haltung, wollte ihr Dinge abnehmen, bevor sie richtig entstanden sind und hatte das Gefühl, ich müsste jede Unbequemlichkeit ausgleichen, indem ich mehr gemeinsame Arbeiten übernahm. Meistens war ich enttäuscht, wenn es ganz und gar nicht Sabines Vorstellungen entsprach und sie mir mitteilte, dass sie es gern anders gehabt hätte oder lieber vorher mit mir darüber gesprochen hätte. In meinem Übereifer bin ich wieder in das alte Muster zurückgefallen: Eva macht das schon, alles klappt mal eben so nebenbei, und was ich will oder fühle, spielt keine Rolle, darum geht es jetzt nicht. Ein schlimmes Muster, vor allem, weil ich nicht mitbekomme, was da abläuft.

Wenn es also wichtig ist, was ich will und fühle: was würde ich dann ändern? Zunächst einmal würde ich mit einem ganz anderen Tempo herangehen, d. h. nicht im Übereifer schnell und mal eben nebenbei, sondern ganz in Ruhe und nach der aktuellen Situation. Damit wäre uns beiden schon einmal geholfen.

Moment mal eben – mache ich hier etwa einen Lebensplan? Wo bleibt die Spontaneität, wenn ich mir vornehme, was ich wie ändern kann?

Warum sollst du nicht diese Form wählen, um herauszufinden, wie deine Möglichkeiten sind? Ist es dir zu intim oder fürchtest du etwas?

Ja, ich fürchte mich davor, dass andere lächerlich finden, was ich für Probleme wälze. Ich kann dann nicht mehr die Maske vor mir hertragen: ich habe alles im Griff, mein Leben läuft wunderbar, ich bin ein Vorbild und darf mir deshalb keine Schwächen erlauben. Oha, das hätte ich nicht vermutet!

Danke für deine Offenheit, du weißt, nur so kannst du herausfinden, was gut ist für dich.

28 Distanz und Nähe

Ich kann den Tag nicht beginnen, ohne die Gedanken aus mir entlassen zu haben. Etwas Dumpfes, Unbestimmtes beherrscht mich, ich kann mich dem nicht entziehen, kann aber auch nicht erkennen, worum es sich handelt. Es hat mich fest im Griff, raubt mir das Denkvermögen und lässt meinen Kopf schmerzen. Es ist wie eine Dampfwolke, die über mir schwebt und mich bedroht.

Ich denke, es hat mit Sabines Versöhnungstermin vor dem Scheidungsrichter zu tun. Aber warum bedrückt es mich so schwer, während sie relativ gelassen ist? Was bedroht mich dabei? Ist es meine Angst, dass sie doch noch zu ihrem Mann zurückkehren könnte? Nein, dafür sind ihre Aussagen zu eindeutig, und auch mein Gefühl bestätigt das nicht.

Ist es meine Angst vor der Endgültigkeit einer Scheidung, die ja auch mir bevorsteht? Vor der Tatsache, dass auch meine Ehe gescheitert ist? Nein, das ist es auch nicht. Was ist es nur, was so dumpf und drohend über mir schwebt? Ich bin konfus und zittrig, weiß nicht, was ich tun soll. Wenn ich diese Wolke abregnen ließe, was würde dann auf mich niederprasseln? Teer? Oder etwas anderes Klebriges, Haftendes, das ich nie mehr loswerde?

Ich muss es riskieren. Ich lasse zu, dass es regnet. Ein Donner grollt, Blitze sprengen meinen Kopf. Es poltert und schreit in mir, alles ist in Aufruhr. Ich fühle meinen Körper nicht mehr, alles fängt an zu verschwimmen. Die Wolke ist immer noch über mir, aber nicht mehr ganz so dicht. Sie zieht sich auseinander, ich kann zwischendurch immer ein Stück Himmel sehen. Violetten Himmel. Es hat immer noch etwas sehr Bedrohliches. Ich fühle, wie die Wucht der ganzen Welt über mir schwebt.

Ich puste die Wolken weg, sie ziehen langsam weiter. Über einer Wüste regnen sie ab, es kommen dicke grüne Tropfen heraus, die sofort als Pflanzen sichtbar werden. Die Pflanzen wachsen und bekommen Blüten, schon bald sieht alles grün und bunt aus. Der Kopfschmerz verlässt mich allmählich, ich fühle mich etwas leichter.

Ich sehe jetzt die Welt in einiger Entfernung. Alle sind sich einig, stehen eng beisammen und mustern mich feindlich. Ich bin ausgeschlossen, anders, man fürchtet mich. In den Gesichtern steht Ablehnung und Angst. Ich bin ganz allein, es ist keiner da, der mich stützt oder mir Schutz gibt. Wo ist Sabine? Ich sehe sie auf der anderen Seite stehen, auch allein, auch sie sieht sich um. Die Menge steht zwischen uns, dunkelgrau wie eine Mauer.

Ich werde ruhig und versuche, mich auf meine Kraft zu konzentrieren. Langsam wächst ein starker Baum in mir, er wird größer und größer. Gleichzeitig sehe ich Lichtstrahlen, die mich verlassen und in Richtung dieser Gruppe zielen. Die Leute reißen erstaunt die Augen auf, die Lichtstrahlen dringen durch die Gruppe und zu Sabine, die gleichzeitig sendet und empfängt. Die Menschen werden unruhig, es ist keine Einigkeit mehr zu spüren. Keine Feindseligkeit mehr in ihren Blicken, sie lösen sich voneinander. Einige gehen zögernd in meine Richtung, andere zu Sabine, ein großer Teil bleibt abwartend stehen.

Die Strahlung wird heller und intensiver, ich habe das Gefühl, wir können die ganze Welt erhellen mit diesem Licht. Sabine hebt einen Arm, wie zum Gruß. Ich strecke meinen Arm auch aus, und trotz der enormen Entfernung finden unsere Hände ineinander. Sie gehören so.

Wir spannen einen Bogen über die einst feindliche Welt, es rieseln helle Flocken aus unseren Händen. Sie fallen sanft auf die Leute, die noch beisammen stehen, und lassen sie heller werden.

Diejenigen, die sich bereits auf den Weg gemacht hatten, kommen jetzt ganz dicht an uns heran, mit jedem Schritt werden auch sie strahlender und heller. Über uns schwebt eine schillernde Wolke in Regenbogenfarben. Langsam werden wir mit diesen Farben gefüllt und spüren ihre Kraft und Wärme. Wir filtern sie und geben sie wieder ab. Der Kreislauf schließt sich, alles wird warm und beginnt zu blühen. Einige betrachten uns noch ängstlich oder distanziert, aber es ist nichts Feindliches mehr in ihrem Blick. Es sind keine Feinde mehr, auch wenn sie uns immer noch nicht verstehen können. Es sind nur andere Menschen.

29 Die Antwort des Universums

Lieber Michael, eigentlich wollte ich das ganze Thema nicht schriftlich bearbeiten, denn die Tatsache, dass ich von der Sozialhilfe leben muss, beschämt mich so sehr, dass ich nicht wollte, dass du es erfährst. Aber ich denke, du weißt sowieso alles, was bei mir passiert.

Ich habe meinen Groll, meine Hilflosigkeit und die Existenzangst noch nie so stark gespürt wie in den letzten Wochen, als ich erfahren musste, was es heißt, wie ein minderwertiger Mensch behandelt zu werden. Ich habe versucht, mich mit meinen Mitteln dagegen zu wehren, aber der Gegendruck war so stark, dass ich zum Schluss doch resigniert habe.

Ich glaube, es liegt auch daran, dass ich meinen Wert nicht sehe. Es ist sehr schwierig, diese Kette zu verfolgen und zu begreifen, wie tief die Spuren gezogen werden. Mit dem Verstand versuche ich mir immer wieder klarzumachen, dass ich ein Anrecht auf Überbrückungshilfe in schwierigen Zeiten habe, schließlich habe ich mehr als 20 Jahre lang Steuern bezahlt und nun einen Kredit beantragt, den ich zurückzahlen werde. Warum fällt es mir dann so schwer, bei mir zu bleiben?

Mir graut davor, morgen hinzugehen und nochmals darauf hinzuweisen, dass eine mir zugesagte Zahlung nun schon die zweite Woche überfällig ist. Ich resigniere, bevor ich auf den Tisch hauen kann, weil ich beim letzten Mal schon zu spüren bekam, dass „man" am längeren Hebel sitzt. Und ich bin angewiesen darauf – oder?

Guten Tag, meine Liebe. Selbstverständlich weiß ich längst, was in deinem Kopf so vorgeht und ich kenne auch die Gründe, warum wir beide noch nicht darüber gesprochen haben.

Aus eigener Erfahrung weiß ich, was es bedeutet, am Rande einer Existenz leben zu müssen, daher kann ich gut deine Schwierigkeiten verstehen. Diese Prüfungen erfolgen aber nur, um dir zu zeigen, dass es immer darauf ankommt, dass du bei dir selbst bleibst. Du machst jetzt Pläne, wie du dich morgen verhalten wirst und überlegst dir, dass du zur nächsten Instanz gehen

wirst, wenn das Ergebnis dieses Gesprächs nicht zu deiner Zufriedenheit aus-
fällt. Was aber, wenn du dich morgen ganz anders fühlst? Du wirst vielleicht
ruhiger und entspannter sein, durch das Schreiben ist die Verzweiflung von
dir abgefallen und du kannst etwas zuversichtlicher in die Zukunft blicken.
Warum solltest du also morgen etwas tun, was dann gar nicht mehr so ist,
sondern hochgehalten wird?

Wenn du in Schwierigkeiten bist, mach keine Pläne und nimm dir nicht vor,
dies und das zu tun oder zu sagen. Fühle und reagiere spontan nach deinem
Innersten und belaste dich nicht schon im Voraus. Damit hilfst du nieman-
dem und änderst auch nichts.

Du wirst, was das Finanzielle betrifft, in diesem Leben nicht mehr auf der si-
cheren Seite gehen. Deine Einkünfte werden immer unterschiedlich sein und
dich auf eine Berg- und Talfahrt mitnehmen, aber es wird nie so sein, dass du
nichts mehr zum Leben hast. Das ist die einzige Zusicherung, die das Uni-
versum dir geben kann, damit musst du dich abfinden und alles weitere ge-
schehen lassen, wie es für dich am besten ist.

Es geht nur um dich, deshalb hilft es dir auch nicht, deinen Groll und dei-
ne Ängste auf andere Personen zu übertragen und sie als Schuldige an dei-
ner Situation zu betrachten. Du kannst davon ausgehen, dass du gut leben
kannst, wenn du deinen Wert erkennst. Kommen allerdings die Zweifel und
Ängste wieder, wird auch das Geld wieder knapper, denn das ist die Antwort
des Universums auf deine Frage. Anders können wir dir nicht zeigen, dass du
dir nicht mehr gut tust.

In den letzten Wochen, die für euch beide wirklich fruchtbar und ergiebig
waren, habt ihr gemerkt, dass es um euch als Person geht und um nichts an-
deres. Ihr seid durch alle Höhen und Tiefen der Selbsterkenntnis und des
Selbstwertes gegangen und habt erfahren, dass ihr unabhängig und frei sein
sollt. Es ist äußerst schwierig, diese Erkenntnisse ins tägliche Leben zu neh-
men, aber es ist machbar.

Es wird so weitergehen, dass ihr euch auf euch selbst konzentrieren und da-
rin eure Lebensaufgabe sehen sollt. Von außen werden Anstöße und Anregun-
gen kommen, damit ihr euch immer wieder in Frage stellt, euch täglich neu

entdeckt und euren Wert neu definiert. Jeder Tag ist ein Anfang, der alle Möglichkeiten einschließt, nichts ist vorbei oder vertan. Alles hat seinen Sinn und braucht seine Zeit. Die Erfahrungen sind das wichtigste, was ein Mensch braucht – und gerade darum wollen sich die meisten Menschen drücken.

Erkenne, dass der äußere Reichtum ein anderer ist als der innere. Der Stellenwert, den du dem Geld gibst, ist immer noch viel zu hoch gegriffen. Bringe es auf Normalmaß, erkenne deinen Wert und beginne, glücklich und zufrieden jeden neuen Tag zu erleben.

30   Geld und Macht

Hallo Michael, ich bin heute in einer ganz merkwürdigen Stimmung. Einerseits ist es heiter und leicht, andererseits spüre ich so etwas wie Gefahr im Hintergrund. Ich „übe" Vertrauen und bin ziemlich darauf eingestellt, dass es so oder so gut ist: entweder findet heute das Seminar statt oder nicht. Ich versuche, kein Drama daraus zu machen, wenn nicht. Ich rede mir immer wieder gut zu, dass es kommen wird wie es richtig ist. Ich überzeuge mich in Gedanken in jeder Minute, dass es gar nicht wichtig ist, Geld zu verdienen, weil so oder so für mich gesorgt wird.

Aber seit gestern sitzt ein tiefer Stachel in mir, seit dem Gespräch mit Sabine, in dessen Verlauf sich bestätigte, was ich immer befürchtet habe: ich bin ihr ein Klotz am Bein, es ist ihr lästig, mir Geld leihen zu müssen.

Sie möchte aus der Verpflichtung heraustreten, die ich für sie bedeute. Als mein Mann sich damals so geäußert hatte, nachdem ich einige Monate arbeitslos war und das Geld nicht reichte, bin ich in eine tiefe Krise gestürzt. Ich fühlte mich, als wäre ich überhaupt nichts wert und als zählte gar nicht, was ich zu geben habe. Warum begegnet mir dieses Thema jetzt so unerbittlich? Weiß ich selbst die Dinge nicht zu würdigen, die ohne Geld laufen?

Ich begrüße dich, liebe Freundin. Zu diesem Thema habe ich eine ganze Menge zu sagen, stelle dich also auf einen längeren Monolog ein.

Das Urproblem der Menschheit ist Geld im Zusammenhang mit der Macht. Macht wird ausgeübt von den Starken und wird vorzugsweise durch größere Geldmengen unterstützt. Der Schwache kann seine eigene Macht nicht annehmen, sonst gehörte er ja zu den Starken, und selbst wenn er über Geld verfügt, wird es ihm nicht viel nützen. Der Starke, der in sich ruht und alles findet, was er braucht, ist unabhängig von äußerer Macht und davon, ob ihm Geld zur Verfügung steht oder nicht. Über Geld zu verfügen heißt absolut nicht, stark zu sein. Mächtig vielleicht, aber nicht stark.

Der Weg zum Starksein ist ein aufwendiger, gewundener und ganz und gar nicht überschaubarer Pfad, der immer nur breit genug ist für eine Person.

Es handelt sich um eine Spur, die jeder Mensch frisch betritt. Ihr könnt ein Stück dieses Pfades den Spuren anderer folgen oder andere an die Hand nehmen und mit ihnen zusammen gehen. Das hat den Vorteil, dass man sich gegenseitig stützt, Sicherheit gibt und aufhelfen kann, wenn einer zu Fall gekommen ist. Irgendwann aber kommt der Teil, der nur allein gegangen werden kann. Auf dieser Spur gibt es Hindernisse und Fehlinformationen. Andere versuchen, euch von dieser Spur abzubringen, ihr selbst zweifelt immer wieder, ob sie auch wirklich zum Ziel führt, und dann wären da noch die vielen Abzweigungen, die leichten und schnelleren Erfolg verheißen und einen großen Reiz auf den Wanderer ausüben.

Der Weg ist immer richtig, denn es geht um die Erfahrung. Jede Erfahrung hat ihre eigene Erleuchtung und führt euch ein Stück weiter auf eurem Weg. Lernt die Erfahrung zu schätzen und nicht die Tatsachen zu beurteilen. Jede Fehlinformation und jedes Hindernis birgt wieder eine Erfahrung in sich, ist also auch sinnvoll.

Wenn andere versuchen, den Wanderer vom Pfad abzubringen, kann ihn das schwächen oder stärken. Wenn er dem Mitmenschen seine Überzeugung nahe bringen kann, holt er sich selbst noch einmal ins Bewusstsein, dass er diesen Weg geht und wie er ihn geht, wie er auf andere wirkt und wo sein persönliches Ziel ist. Erliegt er der Versuchung und lässt sich von Mitmenschen von seinem Weg abbringen, möchte er eben diese Erfahrung machen, das heißt er möchte Umwege gehen, um sich selbst näher zu kommen. Es ist genauso richtig und lobenswert wie das strikte Verfolgen des Zieles.

Die Abzweigungen können sich als glücklich oder nicht so gut erweisen, haben aber immer eine Erfahrung in sich. Ihr könnt zurückblicken und sagen: ja, das war eine echte Abkürzung, ich freue mich darüber. Oder: wäre ich lieber auf dem Weg geblieben, jetzt finde ich mich nicht mehr zurecht. In jedem Fall ist auch dies richtig, solange der Wanderer hinter dem steht, was er tut.

Für Sabine und dich ist es eine sehr fruchtbare Wanderung, seitdem ihr Hand in Hand geht. Vieles habt ihr gemeinsam erfahren, ihr wart glücklich und sicher zusammen, habt euren Proviant geteilt und euch gegenseitig Sicherheit gegeben, wenn Zweifel kamen. Ihr habt freudige und schwierige Zeiten gemeinsam

gemeistert und von den Erfahrungen der anderen profitiert. Ihr habt euch er-
gänzt und euch gegenseitig das Leben leichter und reicher gemacht.
Das alles ist nicht vorbei, es verändert sich nur. Die Hände werden sich kurz-
fristig voneinander lösen, die Wege sollen für eine Zeit getrennt gegangen wer-
den, aber ich kann euch versichern, dass eure Spur wieder zusammenführt,
wenn jede für sich die Erfahrungen gemacht hat, die die andere ihr jederzeit
leicht abnehmen konnte.
Ihr könnt euer Selbstbewusstsein stärken und eure Fähigkeiten besser ausbil-
den, wenn ihr nicht immer auf die andere schielt. Sabine scheint stärker oder
besser zu sein und Dinge fallen ihr leichter, mit denen du große Probleme hast.
Du überschätzt deine eigenen Nachteile und siehst deine Vorteile nicht. Ge-
nauso empfindet Sabine dich. Und das kann sich im ständigen Zusammen-
sein nicht ändern.
Betrachtet diese vorübergehende Trennung als normal und fürchtet nicht, dass
das, was ihr aneinander am meisten liebt und braucht, euch verloren geht. Im
Gegenteil, nach dieser Zeit werdet ihr euch selbst und die andere mit anderen
Augen sehen und das Ineinandergehen eurer Interessen noch mehr zu schät-
zen wissen.
Vertraut. Nicht nur ich bin in Liebe bei euch.

Ich habe noch eine Frage: hat diese Überempfindlichkeit, dieses Gefühl,
offen dazuliegen und nur auf den Dolch zu warten, damit zu tun?
Ja, das ist ein wesentlicher Bestandteil des Prozesses. Das Abnabeln ist qual-
voll, daher habt ihr im Moment auch eine höhere Schmerzempfindlichkeit.
Da jede versucht, sich zu befreien, um allein gehen zu können, schlägt sie mit
den Armen aus und spricht, unbewusst und bestimmt nicht absichtlich, Din-
ge an, die sie vorher vermieden hat, um die andere nicht zu verletzen. Diese
Rücksichtnahme ist sicher lobenswert, aber sie hat den Effekt, dass ihr nicht
bei euch selbst bleibt, sondern wieder die Interessen einer anderen Person,
wenn auch einer geliebten, vor eure eigenen stellt. Versucht, auch dies normal
zu nehmen und damit umzugehen.

31 Zweifel

Sag mir Michael, was hat das nun wieder zu bedeuten? Heute kam die Absage: einige Tage vor Antritt meiner Stellung teilt man mir mit, dass die Entwicklung der Firma doch nicht so läuft wie erhofft und dass man daher doch niemanden einstellen will.

Ich bin nicht ganz traurig und hatte ja auch schon bedauert, dass meine viele Freizeit nun flöten geht, aber nun fängt alles wieder von vorn an: die Rechtfertigung vor dem Sozialamt, die Bewerbungen, das Bemühen um einen Arbeitsplatz. Alles in mir sträubt sich dagegen, aber ich traue mich nicht, mich völlig herauszunehmen aus dem Ablauf. Dann bekomme ich gar nichts mehr, stehe da und kann nicht einmal die Miete bezahlen. Warum geht das jetzt alles wieder von vorne los? Habe ich noch nicht gelernt, was ich lernen sollte?

Doch, du hast alles gelernt. Nun betrittst du eine weitere Stufe, die nächste tiefe Erkenntnis kann kommen. Bemerke bitte, dass nicht wieder alles von vorn beginnt, sondern eine ganz neue Basis zu deiner Verfügung steht. Du wirst kein übermäßiges Bemühen mehr vortäuschen, sondern die Sache mit mehr Selbstbewusstsein und Selbstverständnis angehen.

Vertraue dir. Mach dir keine Sorgen und sei nicht unruhig, es wird sich alles gut entwickeln. Du weißt ja schon, dass alles seinen Sinn hat und nichts schief gehen kann. Lass dich ein auf eine leichte und erfreuliche Erfahrung.

32   Wieder Geld und Macht

Guten Abend, Michael. Wir haben heute morgen beschlossen, nicht mehr über Geld zu jammern. Die Erfahrung hat immer wieder gezeigt, dass es da war, wenn wir es brauchten. Es ging uns auch niemals so schlecht, dass wir am Ende waren, das Problem war immer der Kopf, der sagte, dass nichts in Aussicht ist und damit die Karten schlecht stehen.

Vor einigen Tagen hat Sabine gesagt, wenn ich genügend Geld hätte, würde ich zurückfallen in die alten Gewohnheiten. Ich habe mich dagegen gesträubt, vom Geld abhängig zu sein. Ich will das nicht, wollte es noch nie. Ich wollte immer mein eigenes Geld verdienen, um unabhängig zu sein. Wenn ich Geld habe, trete ich sicherer auf und habe ein anderes Selbstbewusstsein. Es gibt Ruhe, über genügend Geld zu verfügen. Auch wenn ich es nicht gern zugebe: das stimmt.

Geld zu haben bedeutet außerdem, eine Gegenleistung erbracht zu haben. Die Leistung an sich hat schon eine große Wirkung, sie gibt mir das Gefühl, gebraucht zu werden und anderen etwas geben zu können. Es stärkt mich. Die Menschen, die zu mir kommen, zeigen mir, dass sie etwas von mir wollen, also haben sie mich lieb. Ich habe Nicht-Wiederkommen mit Nicht-mehr-Liebhaben gleichgesetzt. Es ist also lebensnotwendig für mich, gebraucht und geliebt zu werden. Und ob es so ist, erkenne ich daran, dass ich Geld zur Verfügung habe.

Meine Beziehung zum Geld war schon immer zwiespältig, schon als Kind wollte ich es haben, durfte aber niemals zugeben, dass es so ist. Das ist mir geblieben, aber gesprochen habe ich eigentlich nie darüber, weil meistens ausreichend da war.

Über Geld zu verfügen gibt mir Sicherheit und Ruhe, keins zu haben macht mich unsicher und unruhig. Und es zieht so viele Gefühle nach sich, ähnlich wie das Essen.

Ich verbinde viele Aspekte meiner Persönlichkeit mit der Tatsache, ob ich Geld verdiene oder nicht. Also wären all meine Erkenntnisse der letzten Jahre nicht gewesen, wenn ich immer Geld zur Verfügung gehabt hätte.

Ich muss Sabine Recht geben, aber es sträubt sich immer noch etwas in mir, das anzuerkennen und mit mir in Verbindung zu bringen. Warum hat Geld eine Sonderstellung in meinen Gedanken? Und warum kann ich nicht das Kind beim Namen nennen? Kannst du mir einen Tipp geben?

Selbstverständlich. Der Satz „Geld regiert die Welt" ist allen Menschen bekannt und mehr oder weniger verstanden worden. Was fühlst du bei dieser Aussage?

Macht. Großkotzige Manager im Maßanzug, mit Zigarre und dickem Auto und Chauffeur, die über die kleinen Krebser lachen und meinen, sie hätten alles in der Hand. Sie kaufen sich Menschen, die ihnen dienen sollen, haben alle Rechte gepachtet und setzen sich leicht über Pflichten hinweg. Sie gelten als Erfolgstypen und werden bewundert. Es wundert mich, dass ich nur Männer in dieser Position sehe.

Das war sehr aufschlussreich, darauf können wir aufbauen. Geld und Macht gehören in euerer Gesellschaft zusammen, die meisten können sich das eine ohne das andere gar nicht vorstellen. Geld verleiht Macht und gibt das Gefühl von Wichtigkeit, übertönt also die Persönlichkeit.

Allerdings ermöglicht die Persönlichkeit erst das Geld. Selbstverständnis hat eine große Bedeutung im Umgang mit Geld und Macht, es muss schon eine gewisse Gelassenheit da sein, um aus dem Geld ziehen zu können, was man braucht. Viele der Typen, die du eben beschrieben hast, sind einzig für diese Erfahrung auf die Erde gekommen und lernen in diesem Zusammenhang, dass es ohne ihr Zutun, nur über Geld und Macht, nicht funktioniert. Auch ein Millionär kann aufgrund riskanter Geldbewegungen innerhalb weniger Stunden blank sein.

Aber auf diesen Punkt wollen wir gar nicht hinaus. Wir wollen näher beleuchten, dass das Geld in der Lage ist, zu blenden, ja auszublenden, was sonst noch zählt. Viele Dinge kannst du leichter nehmen, wenn du dich in Sicherheit fühlst.

Die Unsicherheit und Angst vor der Zukunft prägt euer Dasein. Warum gibt

es so viele Versicherungsgesellschaften und warum sind die Banken so mäch-
tig? Doch nur, weil jeder Mensch nach Sicherheit strebt und sich ein kleines
Stück Zukunft kaufen möchte.
Als du diesen Job in Aussicht hattest, warst du bereit, einiges über Bord zu
werfen, was dein Leben so angenehm macht:
Erstens deinen Beschluss, den alten Beruf aufzugeben und dich ganz der Auf-
gabe zu widmen, der dein Herz gehört.
Zweitens das Vertrauen, dass immer gut für dich gesorgt wird.
Drittens deine kostbare und wertvolle Freizeit.
Viertens deine Selbstsicherheit im Umgang mit den Behörden.
Fünftens deine Bereitschaft, dich dem Tag hinzugeben.

Du hast dich schon im Voraus arrangiert. Du hast die Priorität gesetzt, wie-
der „normal" zu sein, egal welche Grundsätze du dafür aufgeben musst. Du
hast dir klar gemacht, dass du nicht auf Dauer so leben kannst wie bisher
und hast dir gut zugeredet, dass es sein muss, auch wenn du sehr bedauerst,
dass deine schönsten und kreativsten Stunden dann anderweitig genutzt wer-
den müssen, ob du Lust hast oder nicht. Du hast dich wieder einbinden las-
sen in den Kreis der Arbeitnehmer, die sich meistens im Opfer befinden, weil
sie ja keine andere Wahl haben. Und wofür? Für die paar Kröten, für das Ge-
fühl, dazu zu gehören, für ein anderes Auftreten in der Behörde?
Das sind die Gründe, warum es nicht geklappt hat. Ich mache dir einen Vor-
schlag: beginne damit, dass du zunächst anders auftrittst, Sicherheit in dir
selbst findest und dir klar machst, dass alles in deinem Leben richtig ist, auch
wenn es den Vergleich mit anderen nicht standhält. Finde alles, was du über
das Geld holen könntest, in dir selbst und gib dich nicht mehr mit Halbhei-
ten oder Ersatzlösungen zufrieden. Gib dir Flügel, die dich herausheben aus
dem Alltag, aus den grauen Mauern deiner Begrenzung und aus der Masse
derer, die im Opfer sind.
Das habe ich nicht gewusst. Es klingt jetzt vielleicht dumm, aber so läuft
das? Ich weiß, dass ich alles in mir finden soll und auch, dass die Suche
erfolgreich ist, aber ich erkenne erst jetzt, mit welchen Mitteln ich immer

wieder versuche, ein bisschen Normalität in mein Leben zu bringen. Ich erkenne mit Entsetzen, wie stark, wie überwältigend stark mein Wunsch nach Normalität, Sicherheit und Geliebtwerden ist. So übermächtig, dass es meine Persönlichkeit überdeckt. Das macht doch keinen Sinn.

Der einzige Sinn im Leben eines Menschen ist die Erfahrung.
Und erfahren kannst du nur, indem du fühlst und entdeckst, Zusammenhänge erkennst, Rückschlüsse auf dich selbst ziehst und die Konsequenzen für dein Leben trägst.
Ich finde mich jetzt selbst albern, möchte aber wissen, ob ich gut bin, ob ich Fortschritte mache und zufrieden sein kann mit dem, was ich erkenne und umsetze.
Ja. Du bist gut.
Auch wenn dir diese Frage albern vorkommt, ist sie ein wesentlicher Teil des Weges. Wenn du diesen Weg richtig gehst, bemerkst du selbst nicht, welches Tempo du vorlegst und welche Meilensteine bereits hinter dir liegen. Für das Erkennen hast du geistige Begleiter, die diesen Part für dich übernehmen. Sie können deinen Weg jederzeit von oben betrachten und haben alles im Blick, und du solltest diese Hilfestellung annehmen, um daraus zu ziehen, was du anstrebst: Sicherheit, die aus dir selbst erwächst und die dir das gute Gefühl gibt, den richtigen Weg zu gehen und jederzeit aufgefangen zu werden, wenn du fällst.
Und die Sicherheit, dass du geliebt wirst. Und gebraucht. Denn für uns bist du und alle anderen, die sich selbst erforschen und erkennen, ein wesentlicher Bezugspunkt. Ihr stellt unser Aufgabengebiet dar und gleichzeitig die Erfüllung unserer Sehnsüchte.
Ich freue mich sehr über die Bestätigung. Es fällt mir schwer, zu glauben, dass ich es richtig mache, denn der Glaubenssatz, verkehrt zu sein, hat doch noch ganz viel Raum in mir.
Schreibe noch viel mehr, du bist so voller Ideen und dem Drang, sie umzusetzen, blockierst dich aber noch, weil du denkst, es will keiner haben. Wenn die Zeit reif ist, werden sie es dir aus den Händen reißen, also bringe es ruhig schon einmal zu Papier.

33 Gerechtigkeit

Guten Tag, lieber Michael, ich merke gerade, dass ich versuche, etwas herunterzuessen. Bevor ich mit Magenschmerzen ende, bitte ich dich um Hilfe. Es geht darum, dass unsere Freundin Karin zu Sabine zur Einzelberatung kommt anstatt zu mir. Ich weiß, dass alle Vernunftgründe ausreichen müssten, mich zu beruhigen. Es ist schließlich nicht wichtig, bei wem von uns sie sich anmeldet, ich freue mich auch für Sabine, und Karin ist ihrem Impuls gefolgt. Mein Kopf weiß genau Bescheid, aber mein Innerstes weint so sehr. Ich weine nun schon seit Tagen, nichts kann mir helfen. Ich möchte mich zurückziehen, verkriechen, weglaufen, nichts mehr mit der ganzen Sache zu tun haben. Ich möchte schreien, verstehen, ich weiß nicht was.

Es ist schon länger spürbar, dass sie zu mir kein Vertrauen mehr hat. Ich weiß auch, dass Sabine die höheren Energien hat und besser weiß, was Karin braucht. Es hilft mir alles nichts.

Guten Tag, meine Liebe. Ich bin froh, dass du dich an mich wendest, bevor du etwas herunterwürgst. Deine Halsschmerzen deuten es schon an, dass etwas in deinem Hals sitzt. Ganz abgesehen von deinem Vertrauen in deine Fähigkeiten gibt es da noch eine Sache, die du gar nicht erst in dein Bewusstsein kommen lassen möchtest. Bist du bereit, einzutauchen?

Ja.

Danke für dein Vertrauen. Gehe vorsichtig in deinen Hals, lass die Bilder hochkommen und beschreibe, was du siehst.

Ich sehe eine mehrfarbige Blume in rot, orange und gelb. Sie leuchtet und strahlt, hat aber dunkle Ränder an den Blütenblättern. Auch die Blätter und der Stiel sehen etwas verkümmert aus, so als hätte sie lange keine Feuchtigkeit bekommen.

Ich gehe in das Innerste der Blüte und sehe nach, was dort nicht stimmt. Eine weiße Made knabbert direkt am Blütenkern, dadurch wird die Flüssigkeitszufuhr unterbrochen. Ich frage die Made, warum sie das tut. Sie sieht mich ganz erstaunt an und sagt, dass sie ihren Auftrag erfüllt. Ich frage die Blüte, warum sie das zulässt, und sie antwortet mir, dass sie beschlossen hat zu gehen, weil ihre Zeit gekommen ist. Die Made hilft ihr. Ich kann es nicht glauben, dass diese wunderschöne Blume gehen will. Ich frage sie nach ihrem Namen. Sie sagt, sie heißt Gerechtigkeit.

Auf meine Frage, welche Funktion sie in meinem Hals übernommen hat, antwortet sie: „Ich habe immer wieder den Ausgleich geschaffen, damit Gerechtigkeit in deinem Leben herrscht. Menschen, die dich verletzt haben, bekamen eine gerechte Strafe, und wenn du andere verletzt hast, folgte die Selbstbestrafung. Wenn du in irgendeiner Beziehung zu kurz gekommen bist oder dir mehr genommen hast als dir zusteht, bin ich aktiv geworden. Ich habe einen genauen Plan entwickelt, der für Gerechtigkeit sorgte."

Ich glaube jetzt, dass es für die Blüte an der Zeit ist, mich zu verlassen. Wie kann ich ein Maß für die Gerechtigkeit finden? Das Wort beinhaltet das Recht, und ich habe kein Recht auf etwas oder jemanden. Genauso hat niemand Rechte an mir, weder Gewohnheitsrecht noch sonstige. Recht ist für die Allgemeinheit gedacht, nicht für den einzelnen Menschen.

Ich frage mich, warum ich immer alles ausgleichen möchte. Diesen Impuls habe ich schon oft festgestellt, wenn andere ungerecht behandelt werden oder zu kurz kommen. Besonders bei Sabine meine ich immer, alles ausgleichen zu müssen.

Ist Gerechtigkeit überhaupt möglich und erstrebenswert? Haben wir überhaupt irgendein Recht? Ein Recht zu leben oder zu sterben, auf Dinge oder Menschen? Haben wir Ansprüche zu stellen?

Vor meinen Augen verwelkt die Blüte immer schneller, die Blätter kräuseln sich zusammen, der Stiel knickt ab. Ich danke der Blume für ihre Begleitung und wünsche ihr Frieden für ihren weiteren Weg. Ich begleite sie zum Kompost. Nun sehe ich, dass ich die Blume übergossen hatte, die Erde und der Topf sind sehr nass. Warum habe ich immer zuviel Wasser darauf gegeben? Weil ich selbstgerecht bin?

Mir wird bewusst, dass immer alles ausgeglichen sein muss, die Verletzungen, die Sünden und die Energien. Habe ich über der Gerechtigkeit mich als Menschen nicht wahrgenommen?

Toll, meine Liebe. Lass es jetzt einfach so im Raum stehen und entspanne dich. Du hast den Kern erwischt und wirst in den nächsten Tagen und Wochen dein Rechtsbewusstsein erkennen. Vor allem wirst du aber lernen, dir selbst gerecht zu werden, denn dieses Thema hast du immer ausgelassen. Ich freue mich mit dir!

34 Alles ist richtig

BIMBUS, das Wesen des Universums, hat eine Botschaft:
Das Geschehen ist nicht aufzuhalten und wird nicht ohne Folgen bleiben. Die Dinge laufen zu lassen heißt, eine Situation mit all ihren Folgeerscheinungen anzunehmen, sich ihr zu stellen und die eigenen Gefühle wahrzunehmen. Dann ist es leicht, bei sich selbst zu bleiben und keine Angst zu haben.
Niemand braucht das Leben, den Tag oder die Zukunft zu fürchten. Niemand erlebt schreckliche Dinge, mit denen er nicht einverstanden ist. Die allermeisten Situationen sind nur vorher beängstigend, sie zeigen sich selten so furchtbar wie angenommen.
Auch die Eigenschaften, die ein Mensch hat, sind niemals furchterregend; schrecklich ist nur die Vorstellung davon. Ihr habt die Erfahrung immer wieder gemacht, dass eine Vorstellung nur so lange schrecklich oder furchterregend ist, bis sie betrachtet wurde. Die Betrachtung ist das Geheimnis. Die Tatsachen sollten ins Bewusstsein und ans Licht geholt werden, damit sie an Schrecken verlieren.
Gib dich also nicht nur in die Situationen, die das Leben fordert, sondern auch in deine Eigenschaften und die aller anderen Menschen. Alle sind richtig und in Ordnung. Du brauchst nichts zu verändern, weder an dir selbst noch an irgendjemandem sonst, denn es ist alles richtig.
Alles, was du siehst, erkennst oder wahrnimmst, dient deiner Weiterentwicklung. Fühle dich nicht verpflichtet oder aufgefordert, für andere etwas zu regeln. Jeder, der deine Hilfe braucht, kann sich an dich wenden.

Solltest du allerdings den Impuls verspüren, etwas zu sagen oder zu tun, was die Situation für **dich selbst** verändert, dann zögere nicht. Allein dafür lebst und lernst du, allein das lässt dich wachsen und führt dich zu den Erkenntnissen, die deinen Weg pflastern.
Nutze deine eigenen Erfahrungen und die der Menschen in deiner Umgebung für deine Zwecke. Werte sie aus für dein Leben und deinen Weg,

denn was dir begegnet, macht dich reicher.

Auf der anderen Seite gib ab von deinem Wissen und deinen Erfahrungen, wenn du darum gebeten wirst. Gib so viel und so lange, wie du spürst, dass es für **dich selbst** richtig ist, nicht für die anderen.

Es geht um dich. Du bist wichtig und willst wachsen.

Es geht um das Zentrum deines Selbst, darum, dass du erkennst, dass ohne dich als Zentrum nichts möglich ist.

Finde deine Art der Dosierung von Wichtigkeit in dir.

Du hast alles, die Voraussetzungen sind bestens.

Bestens.

35 Ich will weg!

Nun bin ich in einer Sackgasse. Die ausschließliche Zweisamkeit in diesem Urlaub überfordert mich. Es wird mir immer unerträglicher, wenn ich in Sabines Gesicht lese, dass etwas nicht in Ordnung ist. Ich will mich nicht immer schuldig fühlen und überlegen, was ich jetzt wieder falsch gemacht habe. Rede ich zuviel vom Essen? Sehe ich andere Leute an? Halte ich mich richtig, stimmt meine Atmung, tue ich genug für meine Fitness? Erfülle ich auch wirklich alle Bedingungen, die man von einer Partnerin erwarten kann?

Wo bleibe ich? Wo ist meine Persönlichkeit, meine Besonderheiten? Warum kann ich nicht zulassen, dass ein Teil von mir bleibt wie er ist?

Muss ich mich total aufgeben für eine Partnerschaft?

Wie sieht eigentlich die perfekte Partnerin aus? Äußerlich und innerlich total abgestimmt auf das Gegenüber, angepasst bis zur Unkenntlichkeit?

Ich frage mich, warum andere Menschen an mir vorbei laufen und mich nicht erkennen. Es sollte mich nicht wundern, denn ich kenne mich selbst gar nicht mehr.

Ich habe mich verloren in meinen Bemühungen, besser zu sein als ich war. Und so wie ich war, war wohl alles verkehrt. Ich war weder innen noch außen liebenswert. Ich war fett, total verkorkst und verloren. Verloren in den Anforderungen meiner Umwelt. Und jetzt? Jetzt bin ich schlank, völlig umgekrempelt und mir selbst unbekannt.

Ich kenne nichts mehr an mir. Ich erkenne weder das Gesicht noch den Körper im Spiegel. Ich erkenne nicht meine Bedürfnisse und mein Verhalten. Ich stehe fassungslos vor dem Menschen namens Eva und staune. Das soll ich sein? Wie bin ich? Wer bin ich? Warum bin ich so wie ich bin? Bin ich überhaupt wie ich bin – oder gebe ich vor, so zu sein, um Liebe zu bekommen? Wird mir die Liebe verloren gehen, wenn ich selbst bin? Und dann fange ich wieder von vorn an: wie bin ich?

Warum strebe ich danach, in erster Linie eine gute Partnerin / Mutter /

Gesprächspartnerin / Tochter / Freundin zu sein, anstatt in erster Linie mich zu entdecken?

Gibt es überhaupt etwas über mich zu entdecken, oder ist da gar nichts? Wie kann ich das tun? Geht das nur, indem ich mich völlig von der Welt und anderen Menschen zurückziehe? Und warum trifft mich jede Kritik so tief im Innersten, dass ich mich völlig in Frage stelle? Warum strebe ich sofort danach, mich selbst dieser Kritik gemäß zu verändern, anstatt zu sagen: so bin ich, nimm es hin oder nicht!?

Weil ich fürchte, dann die Liebe zu verlieren. Und mit der Liebe verliere ich meine Identität. Meine Identität lebt also durch das, was andere mir geben oder nicht: Liebe, Verständnis, Toleranz, Aufmerksamkeit, Zärtlichkeit, Ermunterung, Mut, Freude und Leichtigkeit.

Ich muss es von außen haben, weil ich es in mir nicht finde.

Ich will da raus!

Ich will nicht mehr auf Gedeih und Verderb ausgeliefert sein, in ständiger Angst leben und mich darüber nicht mehr selbst wahrnehmen.

Ich will weg!

Weg aus mir?

Aus meiner Haut? Aus meinem Leben, meinem Dasein? Weg von dieser Welt, aus der Umgebung? Und wohin? Und wie?

Weg ist wohl nicht die Lösung. Stellen. Hinsehen, nicht mehr die rosarote Brille aufsetzen und schönfärben, was ich nicht ändern kann. Nicht mehr verkriechen und wegessen, was mich überfordert. Angst überwinden, Spaß wiederfinden, Freude an meinem Dasein haben, ohne Angst, zu versagen oder etwas zu verlieren, das mir wertvoll ist.

Was nützt mir die größte Liebe, wenn sie an Bedingungen geknüpft ist?

Was gibt mir die Liebe anderer, was ich in mir nicht finde?

Wie finde ich mich selbst, wie ich wirklich bin?

Bin ich überhaupt?

Oder diene ich nur als Spiegel?

Hallo Michael, das Leben ist wahrlich viel aufregender als jeder Roman. Mallorca ist groß, hat viele Orte und Hotels, und der Speisesaal unseres Hotels hat zwei Etagen und zwei Essenszeiten. Und da sitzt doch genau am Nebentisch dieser Typ vom Sozialamt, der mir das Leben so schwer gemacht hat. Am Nebentisch. Und ich war so froh, nichts mehr mit ihm zu tun zu haben!

Der Schock saß tief, auch wenn die Situation eher zum Lachen war.

Lache, Eva, warum lachst du nicht? Eine wunderbare Bestätigung, du willst doch immer Beweise haben.

Nimm es leicht, das Leben ist so!

Ungerecht. Ich finde es ungerecht, dass es mir passiert. Also bin ich wieder in der passiven Rolle, weg von der Eigenverantwortung.

„Und wenn kein einziger Mensch auf der ganzen Welt versteht, was bei mir passiert, so bin ich doch richtig."

Alles dreht sich, diese Begegnung hat mir den Boden unter den Füßen weggezogen. Ich weiß nicht mehr, ob ich richtig bin, gerade jetzt, wo ich glaubte, in mir etwas Sicherheit gefunden zu haben. Gerade jetzt taucht dieser Typ auf. Gemein.

Ist es damit getan, einfach Hallo zu sagen und dann so zu tun, als wäre alles wie vorher?

Du brauchst keine Bedingungen zu erfüllen, es geht um das Annehmen jeder Situation und ständig wechselnder Gegebenheiten. Du sollst deine Flexibilität ausbauen und an den Situationen wachsen. Es geht nicht darum, neue Sicherheiten an die Stelle der alten zu setzen, sondern darum, jede Sekunde deines Lebens bewusst, ohne Ängste und im Einklang mit dir selbst zu leben. Wenn du geschockt bist, zeige und lebe es.

Nur wenn die Gefühle in dir und außerhalb von dir existieren dürfen und gelebt werden, ist es das richtige Leben. Nur dann.

Alles was du unterdrückst, weil du Folgen oder Nachteile fürchtest, wird dir das Leben, das du führen möchtest, erschweren. Und alles, was aus dir heraus darf, und zwar in dem aktuellen Moment, wird dir Frieden geben. Nur so funktioniert es. Und keine Institution oder Person sollte dich hindern, so zu sein, wie du bist. Nichts und niemand. Und zu keiner Zeit.

Manchmal sind die Situationen, die du erlebst, unwahrscheinlich, das heißt es gibt keine Möglichkeit, die Phänomene zu übersehen oder anders zu erklären.

Achte auf alle Gefühle und alle Regungen. Lege dir keine Strategie zurecht, es geht nur um die aktuellen Zustände. Mach deinen Frieden mit der Situation.

37 Verpflichtung

Hilf mir, Michael!

Ich habe Halsschmerzen und fühle mich mies. Auslöser war eine harmlos an mich gerichtete Frage, ob ich mitkomme zum Schuhgeschäft. Was dann kommt, spult sich so automatisch ab, dass ich es nicht mehr bemerke: sofort stelle ich alles zurück, was ich mir für heute vorgenommen habe und sage mir: ist alles nicht so wichtig, ich kann es auch ein anderes Mal machen. Es war nichts Konkretes, was ich vorhatte, ich wollte einfach nur dran sein, Zeit für mich haben, ein bisschen hier fummeln und da ausprobieren. Nicht von morgens bis abends in der Gegend herumfahren, denn heute Nachmittag bin ich bei Katja.

Das ist nichts Besonderes und kann auf morgen verschoben werden. Morgen allerdings gehen wir vormittags ins Sportstudio und nachmittags hat Sabine einen Termin. Und dann müssen die Bilder vorbereitet werden. Es sind doch alles gar nicht meine Angelegenheiten, warum hänge ich mich voll rein und bin traurig, weil keine Zeit für mich selbst bleibt? Es liegt doch an mir, was ist nur los mit mir?

Ich bin frei, kann mich frei entscheiden und tun, was ich für richtig halte. Im Prinzip schon. Aber kaum kommt eine solche Frage, fühle ich mich schlecht und rücksichtslos. Sofort bin ich bereit, alles zurückzustellen, was mich betrifft. Es macht mir Stress, dass Sabine ihre Unterlagen für die Steuer pünktlich abgibt. Warum eigentlich? Es ist doch ihre Verantwortung, und ich gehe ihr nur auf den Wecker, wenn ich sie ständig daran erinnere.

Und dann der Traum. Ich habe nur Bruchstücke in Erinnerung: am Eingang zu der Beratungsstelle habe ich meine Hose verloren. Da waren viele Treppen und tolle Bücher. Und als ich einen Platz gefunden habe und drei Berater zu meiner Verfügung standen, wusste ich nicht einmal mehr, zu welchem Thema ich etwas fragen wollte.

Erst einmal herzlichen Glückwunsch, dass du hier sitzt und dran bist. Du hast dir also die Zeit genommen, um mit meiner Hilfe in Ruhe deine Gedanken zu sortieren. Wie kommt das?

Ich kann es dir sagen, woran es liegt: Sabine ist noch nicht fertig. Normalerweise stehe ich zu dieser Zeit schon in der Küche, um den Abwasch zu erledigen, bevor wir wegfahren, damit das Nachhausekommen schöner ist.

Ich habe innerlich das Gefühl, mir diese Zeit zu stehlen. Eigentlich steht sie mir nicht zu, denn ich muss zur Verfügung stehen. Frag mich nicht, zu wessen Verfügung und warum ich so denke, ich wüsste es selber gern!

Das möchtest du jetzt loslassen, deshalb ist es so intensiv in deinem Bewusstsein. Es geht um deine Verpflichtung, erst immer für andere da sein zu müssen, bevor du selbst kommst. Sie ist tief in dir verwurzelt und holt dich immer wieder ein, wenn du nicht eine Zeitlang sehr bewusst mit dem Faktor „meine Zeit" umgehst.

Was ist deine Zeit, wann bist du wirklich nur für dich selbst da?

Meine Zeit ist, wenn ich hier sitze und schreibe, meine Gedanken frei laufen lassen kann und mich nicht gestört fühle. Meine Zeit ist es auch, wenn wir bummeln gehen, unterwegs sind oder Sport treiben, aber dann ist es anders, denn das Zusammensein bedeutet für uns Arbeit. Dies ist auch Arbeit, aber entspannter, weil ich mich nur auf mich selbst konzentriere. Ich bin in mir und mit mir allein, ich versinke in dem, was ich schreibe und fühle mich nicht verpflichtet, zur Verfügung zu stehen. Ich kann es nicht besser ausdrücken.

Ich verstehe. In der geistigen Welt gibt es gerade in der Beziehung einen gravierenden Unterschied. Wir sind praktisch immer zur Verfügung, wir schlafen nicht, entspannen nicht und schalten auch nicht ab. Ständig ist etwas in uns und um uns herum in Bewegung und wir verfolgen es.

Von Zeit zu Zeit benötigen wir jedoch die totale Abschottung von der Außenwelt, von der ständigen Aufmerksamkeit und dem Zur-Verfügung-Stehen. Dann ziehen wir uns in eine Art Höhle zurück und bleiben da, bis wir uns aufgefüllt haben mit uns selbst. Das kann in eurer Zeit gerechnet einige

Minuten dauern, sich aber durchaus einmal über Tage, Wochen oder Mona-
te hinziehen. Wir lassen uns in der Zeit von nichts und niemandem stören, es
gibt nur uns selbst, pur und ungeteilt.

Ihr lebt jetzt schon so intensiv in der geistigen Welt, dass der nächtliche Schlaf
eingebaut wird in den Tagesrhythmus, euch also nicht mehr die totale Ent-
spannung bringt, sondern den vergangenen Tag verarbeitet und den kom-
menden Tag vorbereitet. Die Tage sind voller Eindrücke und Bewegungen,
so dass ihr rund um die Uhr in Bereitschaft seid, Signale aufzunehmen und
Schlüsse daraus zu ziehen. Nur die Höhle fehlt euch noch. Ihr braucht sie nur
aufzunehmen und einige Male zu üben, dass ihr euch wirklich durch nichts
stören lasst, dann steht sie euch genauso zur Verfügung.

Da liegt deine Sehnsucht, das ist es die Lösung, wenn du das tiefe Bedürfnis
hast, mit dir allein zu sein. Wenn es dir gelingt, diese Höhle in den Tagesab-
lauf einzubauen und bei Bedarf sofort darauf zurückzukommen, wird es dir
ein Leichtes sein, zu entspannen und für die vielfältigen Aufgaben neue Kraft
zu schöpfen. Dann wird es gar nicht nötig sein, über längere Zeiträume zu
verschwinden, wie ihr es bei uns auch schon erlebt habt.

Kommt jetzt zu den Tätigkeiten, die euren Tag ausfüllen, noch eine aus-
wärtige Betätigung dazu, seid ihr von vornherein überfordert. Das ist ei-
ner der Gründe, warum ihr nicht zusätzlich berufstätig seid, sondern lernt,
mit minimalen Mitteln gut zu leben. Bleib du ruhig noch ein Weilchen bei
der Überzeugung, von irgendwas muss der Mensch doch leben und du musst
noch einmal zurück in den „normalen“ Ablauf eines Menschen. Wenn du es
brauchst, wird es sich leicht ergeben.

Nun noch zu deinem Traum: die Etagen und die vielen Bücher haben dich
schon darauf hingewiesen, dass du dich in der geistigen Welt befunden hast,
und die Tatsache, dass du deine Hose verloren hast, zeigt, dass du bereit bist,
dich ganz hineinzugeben. Für dich spricht auch, dass du nicht einmal mehr
das Thema wusstest, zu dem du etwas fragen wolltest – und dich dafür nicht
bestraft hast. Die Hingabe ist also da, du suchst nur noch deinen Platz. Alles,
was du gesehen hast, steht uneingeschränkt zu deiner Verfügung, und die drei
Berater, die immer für dich da sind, warten nur auf ein Zeichen von dir.

Wie ist es nun mit deinen Plänen für den heutigen Tag?
Ich werde nicht folgsam sein und mich zurückstellen.
Ich werde auf mich achten und in Ruhe das machen, was mir gut tut.
Ich bin heute dran und nehme mir meine Höhle.
Ich dachte nur, ich müsste immer eine sinnvolle und nachvollziehbare Begründung vorweisen, wenn ich mich verkriechen möchte.
Ich werde es gleich ausprobieren.

38 Selbstzweifel

Lieber Michael, heute möchte ich mehrere Dinge mit dir besprechen. Fangen wir mal an mit dem Gefühl, nicht mehr schreiben zu können aus Angst, auch hier nichts mehr zustande zu bringen. Ich leide sehr darunter, dass ich gar nicht gefordert werde und nichts verdiene. Ich leide, weil ich mich so überflüssig fühle, von niemandem mehr gebraucht werde, nichts mehr ausrichten und keine Erfolge mehr für mich verbuchen kann. Ich versuche zwischendurch immer wieder, das ganze Thema wegzuschieben, ich soll mich schließlich hineingeben, soll aber auch etwas tun für mich. Ich halte gar nicht mehr auseinander, was zu tun und zu lassen ist, was nun eigentlich gut und richtig für mich ist.

Hinzu kommt die ständige Sorge ums tägliche Leben und die Sorge, nicht zu merken, wann Sabine von mir genug hat. Ich kann nicht davon ausgehen, dass ich es erfahre – heute morgen erst hat sie gesagt, dass sie das meiste für sich behält. Ich merke aber nie, wann ich jemandem zur Last falle und nur noch geduldet werde. Es nützt mir nichts, auf alle Feinheiten zu achten. Und ich weiß sowieso nicht, wohin ich soll, wenn ich hier weg muss.

Es fällt mir immer schwerer, Freude zu empfinden.

Ich fühle mich nur noch überflüssig und nutzlos.

Ich weiß leider auch nicht, wohin ich mit meinem Bedürfnis soll, andere vor etwas zu schützen oder auszugleichen, ich kann es nicht auf mich selbst übertragen, weil ich auch daraus nichts, nichts, nichts ziehen kann. Ich habe nichts mehr, worauf ich bauen kann und nichts mehr, was mir das Gefühl gibt, es ist wichtig, dass ich da bin.

Was ich tue und kann, wird von niemandem gewollt oder benötigt, und ich selbst benutze es eigentlich nur, um wieder neue Schandflecken in mir zu entdecken und aufzurollen, um mich selbst herunterzudrücken.

Außerdem empfinde ich es als unerträglich, dass ich mich ständig kontrolliere und die geringste Regung analysieren möchte. Ich bin ständig unter der Lupe und habe nie die Gelegenheit, mich einmal schweifen zu lassen. Wir haben es beide auf die Spitze getrieben, indem wir uns gegenseitig keine Sekunde aus den Augen lassen und ständig etwas hinter unserer eigenen oder der Fassade der anderen vermuten, was ausgegraben, betrachtet oder bearbeitet werden sollte.

Hört das denn nie auf? Ich weiß nicht, ob ich mein ganzes Leben lang nur eine Selbstanalyse ohne Pause veranstalten will. Wo bleibt der Raum für Leichtigkeit und Freude? Denn eine wahre Freude ist es wirklich nicht, immer in sich zu bohren und zu bohren und zu bohren ...

Das ist ein ganzes Knäuel von ineinander verschlungenen Gedanken, ich fürchte, damit überfordere ich dich. Ich wäre schon sehr dankbar, wenn du zu einigen Dingen Stellung nehmen könntest.

Jetzt fällt mir wieder der Satz ein aus dem Lexikon für Esoterik, dem Channeln läge ein überzogenes Geltungsbedürfnis zugrunde. Das hat auch nicht gerade dazu beigetragen, dass ich mich wohler fühle. Ich will ja gar nicht so viel Wert darauf legen, dass ich ganz allein für mich sorgen könnte oder in der Lage wäre, auf eigenen Füßen zu stehen. Aber je länger es dauert, desto schwieriger wird es für mich, überhaupt damit umzugehen und noch einen Sinn zu sehen. Ich bin am Ende meiner Kraft und hätte so gern einmal eine Verschnaufpause, eine Entlastung, ein Gefühl der Entspannung. Ist das zuviel verlangt?????

Guten Tag, meine Liebe, ich freue mich, dass du dich heute an mich wendest. Mach dir keine Sorgen um mich wegen Überforderung, du weißt, ich befinde mich auf einer Ebene, in der man nicht mehr begrenzt ist und daher bestens in der Lage, auch noch so verzwickte Knäuel im Überblick zu behalten.
Wie steht es mit deinem Glauben? Glaubst du an das, was du tust, glaubst du an dich und daran, dass diese Lebensphase dich dir selbst näher bringt?
Um ehrlich zu sein: ich weiß nicht mehr, was Glauben ist. Wie soll ich an etwas glauben, das in der Sekunde verpufft, in der es entstanden ist?
Wie soll ich glauben, wo doch mein bisheriges Leben auf Beständigkeit und festen Boden unter den Füßen aufgebaut war?
Wie kann ich sagen, ich glaube an mich, wenn ich nicht in der Lage bin, mich selbst wahrzunehmen?

*Es ist nicht so schwierig wie du denkst. Suche bitte erst einmal den Glauben in
dir, betrachte Form, Farbe und Standort.*

Ich sehe, dass Wurzeln in meinen Füßen beginnen und kann verfolgen,
dass sie die Beine hochgehen und überall verzweigt sind, bis in die Arme und Finger, in den Kopf und hinter die Ohren. Die Wurzeln haben eine grünlich-bräunliche Farbe und werden stärker, wenn ich sie betrachte.
Sie gehen über meinen Körper hinaus und setzen sich in meiner Umgebung fort, nach oben, unten und zu allen Seiten. Sie strahlen aus in orange-
gelb.

Mein Hals schmerzt, ich fühle Trauer in mir aufsteigen und die Frage: wozu das alles, wenn es keiner haben will? Warum will mich keiner mehr? Warum habe ich keine Freude daran, es für mich zu haben und zu genießen?
Warum bekommt alles erst einen Sinn, wenn es in die Öffentlichkeit gebracht wird und ich von Anderen Beifall ernte?

Ich fühle mich sicher mit diesen starken Wurzeln. Wie kann ich es erreichen, sie gern für mich zu fühlen und zu haben? Wie kann ich lernen, mir
selbst zu vertrauen und an mich zu glauben, auch in Zeiten, in denen ich
ganz auf mich gestellt bin und niemanden habe, der mir Mut macht? Wie
kann ich lernen, zu leben ohne den Drang, andere vor etwas oder jemandem beschützen zu müssen? Warum ist der Drang in mir so stark, ausgleichen zu müssen?

*Lass bitte alle Fragen beiseite, du wirst die Antworten darauf finden, aber nicht
heute. Jetzt geht es um die Wurzeln und darum, was bei dir passiert ist, als du
sie dir bewusst gemacht und festgestellt hast, dass du dich gut fühlst mit ihnen.
Du fühltest dich sicher, aber gleich danach ist etwas hochgekommen und hat
dir den Mut geraubt.*

*Deine Fragen haben dich daran gehindert, den Augenblick zu genießen und zu
spüren, dass du eine feste Basis in dir trägst. Gib mir bitte alle Fragen und lass
dich ein auf das Erleben mit den Wurzeln, da ist noch viel mehr!*

Du hast recht, so ist es immer. Ich kann einfach nicht den Augenblick für
mich nutzen, dann kommen sofort wieder die Versager-Gedanken.

Auch jetzt schnürt es mir den Hals zu, ich fühle mich schrecklich und habe

Angst, zu versagen. Du sagst, da ist noch viel mehr zu entdecken, und ich gerate unter Druck, es vielleicht nicht wahrnehmen zu können. Ich fürchte, hinter diesen schönen und starken Wurzeln graue Schatten zu entdecken, die sich meiner bemächtigen und die Kontrolle über mich haben wollen. Ich fürchte mich vor Monstern, die sich verborgen haben könnten oder vor wilden Tieren, die nur auf eine unbedachte Bewegung von mir warten, um mich zu verschlingen. Ich fürchte, nicht bestehen zu können vor mir selbst, vor dir, Sabine, unseren begleitenden Geistwesen und anderen.

Ich fürchte, dass herauskommt, dass ich gar nicht so intensiv fühle, wie ich es sollte, dass ich gar nicht immer voll dabei bin und folgen kann, wenn wir Neuigkeiten erfahren, dass ich eigentlich gar nichts dazu beitrage, wenn wir Neues entwickeln. Eigentlich hat es alles mit mir nichts zu tun, ich mache nur die Hilfszureichungen, trage nichts Wesentliches bei und bin auch nicht in der Lage, die Verantwortung zu übernehmen. Eigentlich, eigentlich bin ich nichts wert.

Hallo, da haben wir es ja wieder: jetzt kommen deine Zweifel hoch und machen es dir unmöglich, die Sache weiter zu betrachten. Denkst du nicht, es könnte etwas ganz Strahlendes, Tolles, Aufregendes dabei herauskommen? Sind deine Gedanken nicht bei deiner eigenen Großartigkeit, bei den fabelhaften Dingen, die du schon geregelt hast für dich selbst und für andere? Hast du gar nicht die Idee, es könnte dich überwältigen, weil es so wunderbar ist?

Nein. Diese Idee habe ich grundsätzlich nur bei anderen, nicht bei mir.

Gut, dann lass uns noch einmal zurückkehren zu deinen Wurzeln. Nimm noch einmal die Farbe intensiv wahr und betrachte die Ausweitung der Wurzeln. Wie weit reichen sie?

Die Farbe hat sich verstärkt, ich kenne diese Farbe bei den irdischen nicht. Es ist braun-grün-orange-rot, strahlend und unglaublich stark. Die Farbe hat Kraft, Ausdauer, Harmonie, Leuchten und Strahlen in sich. Die Stärke gibt den Ausschlag, darüber gewinnen die Wurzeln an Kraft und Ausdehnung. Sie reichen jetzt mühelos in jeden Winkel dieser Erde und des Universums. Sie sind überall und wachsen ständig weiter, haben keine Grenze und kein Ende.

Alles hat keine Grenze und kein Ende, es wird aus sich selbst heraus geboren. Alles ist großartig, überwältigend, in sich ruhend. Ich sehe, wie sich alle Wesen und Dinge miteinander verbinden, verschmelzen, eins werden, ohne dabei ihre Kontur und ihr Selbst zu verlieren. Alles verbindet sich und strebt auseinander, nimmt und gibt Kraft, Zuversicht, Ausdauer, Liebe und Zärtlichkeit.

Der Frieden thront über allem, es gibt aber kein Oben oder Unten. Alles wirbelt durcheinander und hat gleichzeitig einen festen Platz. Alles wärmt und kühlt, fühlt sich geborgen an und gibt Freiheit. Ich möchte diesen Zustand der Versenkung in allem gar nicht wieder verlassen und weiß doch, dass ich ihn nicht festhalten kann. Ich fühle meine eigene Begrenzung und die Unfähigkeit, mit mir im Einklang zu sein.

Warum kann ich nicht Teil dieses Ganzen sein, darin versinken, mich darin auflösen? Warum kann ich nicht die Stärke und Kraft und gleichzeitige Weichheit in mir tragen und meinen Alltag erleichtern lassen?

Hallo, du analysierst wieder! Warum tauchen diese Fragen jetzt auf, wo eigentlich alles nur leicht und schön sein sollte? Warum gibst du dir mit diesen Fragen nicht Zeit und lässt wirken, was jetzt, in dieser Sekunde, dein ganzes Leben ausmacht?

Fühle, Eva, fühle, und denke und analysiere nicht.

Mach bitte weiter, es ist so wunderbar.

Die Einheit lässt mich schwingen und tanzen. Sie gibt mir das Gefühl, ein ganz wichtiger Bestandteil von allem zu sein. Von allem, egal was es ist und wem es gehört. Wie in einem seichten Wasser bewege ich mich hin und her, hinauf und herunter, immer den Bewegungen des Wassers folgend und im Vertrauen darauf, dass ich gehalten werde. Ich genieße die Wärme, Zärtlichkeit und Klarheit des mich umgebenden Wassers. Die Leichtigkeit hüllt mich ein, gibt mir Flügel und lässt mich verschmelzen mit der Sonne, die über allem glitzert.

Ich fühle mich wie in einer Fruchtblase, die mich nährt, wärmt und mir Geborgenheit gibt. Diese Blase ist ein Teil von mir, sie umhüllt mich und schützt mich, gibt mich aber sofort frei, wenn ich heraustreten möchte, um den Duft der Freiheit zu spüren. Die Blase besteht aus Tausenden von Einzelteilen und ist doch eine einzige Wahrheit.

Der Augenblick ist eine Kostbarkeit, ein Geschenk. Ich möchte fühlen, fühlen, fühlen. Nichts anderes möchte ich tun als diesen Zustand weit werden zu lassen in mir. Ich möchte mir und der Blase Raum und Zeit schenken. Ich möchte verschmelzen mit der Ewigkeit und das Heute herauspflücken. Es ist schön, Michael, wunderschön. Gib mir deine Hand und lass uns schweben durch diese phantastische Welt. Ich möchte diesen Augenblick mit dir und dem Leben teilen und behalten, ohne ihn festzuhalten.

Fragen. Wo beginnt das Festhalten und wo endet das Halten?

Ich wünsche mir, aufzutauchen aus dieser Welt, ohne sie wieder verlassen zu müssen. Ich wünsche mir, in diesem Zustand ohne Ansprüche und Erwartungen weiter zu existieren, ich wünsche mir, einfach zu spüren und nichts zu kontrollieren.

Ich wünsche mir, keine Ansprüche mehr an mich selbst zu haben und keinen Druck mehr zu empfinden, sobald ich merke, dass niemand etwas von mir erwartet. Ich wünsche mir, meine Wurzeln zu leben in der Ewigkeit und im Augenblick.

Bravo, das war es!

Du hast die Ewigkeit im Augenblick gespürt und festgestellt, wie wesentlich es ist, weder das eine noch das andere aus den Augen zu verlieren. Du brauchst dir keine Gedanken mehr zu machen, was andere von dir wollen oder erwarten. Mach dir keine Sorgen, dass du etwas nicht bemerkst oder an dir vorbeizieht, es ist nicht wichtig. Wichtig ist allein, dass du deine Wurzeln wahrnimmst, ausbreitest und lebst.

Ich danke dir, dass du mir dein Vertrauen schenkst und dafür, dass du mich an diesem großartigen Erleben hast teilhaben lassen.

Ich danke dir, lieber Michael, das war wirklich gewaltig. Ich glaube, Knäuel entstehen nur aus der Begrenzung heraus, ich kann mir gut vorstellen, dass sie in eurer Welt keinen Platz mehr haben. Danke, tausend Dank. Ich komme wieder zu dir!

Ja, ohne Druck, ohne Erwartung, und ohne dich selbst klein zu machen. Ich nehme dich in jeder Situation genauso, wie du bist. Tu du es auch.

Ich versuche es.

39 Großhirn an Kleinhirn

Lieber Michael,

ich habe es gewusst, dass ich die Konsequenzen tragen muss, „wenn das einmal herauskommt«. Ich wusste auch, dass mich keiner mehr lieb haben kann, wenn ich mich zeige in meiner ganzen Unvollkommenheit. Bis jetzt hatte ich die Illusion, unsere Liebe sei groß genug und stark, aber heute morgen wurde ich eines Besseren belehrt.

Warum ist es nur so schrecklich schwierig, zu sich selbst zu stehen?

Und warum ist es fast unmöglich, sich selbst einzugestehen, was alles nicht optimal ist, und dann noch zu sich zu sagen: und ich liebe mich – dennoch oder gerade deshalb?

Meine Liebe zu Katja ist nicht ganz ohne Bedingungen, obwohl ich es wünschte, aber sie ist nachsichtig, verstehend und verzeihend. Ich nehme sie stets so, wie sie ist und kann sie einfach lassen, auch wenn ich nicht einverstanden bin mit dem, was sie tut. Aber weiß sie das auch? Ist sie sich meiner Liebe und Aufmerksamkeit sicher oder hat sie auch manchmal tiefe Zweifel, ob ich sie noch liebe, wenn sie etwas getan hat oder wenn ich etwas über sie erfahre?

Wie ist das mit meiner Liebe zu Sabine: ist sie auch ungefärbt, ohne Bedingungen, rein und ohne Forderungen? Ich weiß es nicht. Ich weiß gar nichts mehr. Nur eines ist mir klar: es ist genauso eingetreten, wie ich es befürchtet habe: wenn sie erst einmal erfährt, wie ich wirklich bin, ist es vorbei mit ihrer Liebe zu mir.

Und was ist mit mir, mit meinen Gefühlen für mich selbst? Wie viele Bedingungen muss ich selbst erfüllen, um mich zu lieben? Bin ich in der Lage, mich selbst ähnlich wie Katja oder Sabine zu betrachten, mit liebenden und verzeihenden Blicken? In alle Richtungen? Geht es, dass ich mich achte und ehre, mit allen Mucken und Fehlern?

Es war ein mühsamer und langer Weg gestern abend bis zu dem Eingeständnis, dass ich esssüchtig bin und wieder voll darin hänge. Es war schmerzhaft und peinlich, hat mir aber auch vieles klar gemacht.

Natürlich kann ich nicht anderen helfen und mit anderen arbeiten, womöglich noch an Schwierigkeiten mit Sucht, wenn ich nicht in der Lage bin, zu erkennen und mir einzugestehen, dass ich selbst süchtig bin. Natürlich kommt keiner zu mir, um meinen Rat einzuholen, wenn ich in allen Bereichen des irdischen Lebens selber nicht klarkomme und nicht in der Lage bin, für mich selbst zu sorgen – so oder so. Wo soll denn das Vertrauen herkommen?

Ich bin tieftraurig und sehe keine Aussicht, dass es sich verändert. Ich bin verzweifelt und unglücklich, dass ich durch meinen Wutanfall Sabines Liebe nun nicht mehr habe. Ich weiß nicht, was ich beruflich und privat tun soll, damit das Ganze einen Sinn bekommt.

Ist es die Lösung, in meinen alten Beruf zurückzukehren und hier auszuziehen? Muss ich allein leben, um mir zu beweisen, dass es geht? Und was ist mit den gemeinsam erarbeiteten und erlebten Kursen? Bin ich überhaupt in der Lage, so wesentliche Dinge an andere weiterzugeben?

Ich weiß nicht mehr, woher ich den Mut und die Zuversicht auch nur für den heutigen Tag nehmen soll. Alles ist zuende, nirgendwo ein Licht.

Guten Morgen, meine Liebe. Wie wäre es mit dem Satz „Großhirn an Kleinhirn"? Welcher Teil deines Gehirns hat diese Schlussfolgerungen gezogen und dir den Mut geraubt? Hat dein Kleinhirn begriffen oder nicht?
Ich weiß es nicht. Ich wage es nicht, hinzusehen.
Lass es uns gemeinsam tun. Du kannst feststellen, in welchem Teil des Gehirns du gerade bist und was der andere Teil dazu sagt. Magst du?
Ja. Bitte zeig mir den Weg.
Stelle dir vor, du kannst deinen Kopf von oben „öffnen", das heißt du kannst hineinsehen, als wäre er aus Glas. Im ersten Moment erscheint dir das Gewirr unübersichtlich und du denkst, das wirst du niemals herausfinden, aber wenn du länger und genauer hinsiehst, wirst du sehen, dass die einzelnen Teile deines Gehirns unterschiedliche Farben haben. Es sind nur leichte Schattierungen, aber sie sind gut erkennbar. Der größere Teil deines Gehirns, das Großhirn, ist dunkler in der Schattierung, während das Kleinhirn zarter und heller

ist. Siehst du den Unterschied?

Ja, ich frage mich nur, warum es Groß- und Kleinhirn heißt, denn es sieht aus dieser Warte beides gleich groß aus.

Von oben betrachtet ist da auch kein Unterschied. Das Großhirn hat seinen Namen daher, dass es weiter in die Tiefe reicht, egal in welcher Ebene. Äußerlich betrachtet heißt das, es nimmt mehr Raum ein in deinem Kopf, geistig gesehen heißt das, es beinhaltet alles was ist, und seelisch betrachtet heißt es, dass die Summe aller Erfahrungen hier gespeichert sind. Das ist großartig, nicht wahr? Das Kleinhirn dagegen ist flacher, enger, eingegrenzt. Das ist unbedingt nötig, um augenblickliche Gefühle und Situationen allein und für sich betrachten zu können. Würdet ihr alles, was ihr erlebt und fühlt, gleich in den großen Zusammenhang stellen, ginge euch euer Eigenes, die Individualität verloren. Ihr könntet dann nicht mehr unterscheiden zwischen dem, was euch persönlich betrifft und dem, was alle anderen und jedes andere beinhaltet. Verstehst du?

Es dämmert. Irgendwie ist mir, als hätte ich das alles schon immer gewusst, und doch ist es völlig neu.

Okay, dann gehen wir weiter. Du brauchst jetzt nicht in die einzelnen Windungen zu tauchen, es reicht völlig, wenn du dich einlässt auf das, was du erkennen kannst, wenn du durch die Glasscheibe siehst. Das Eintauchen machst du bereits seit vielen Jahren, das nennt man „sich selbst erforschen". Diese Tätigkeit hast du zur Genüge betrieben und dabei viele wertvolle Erkenntnisse über dich und das Universum gewonnen. Jetzt kommt die große Kunst, das Ganze von oben und außen zu sehen.

Um dieses Stadium zu erreichen, musstest du erst einmal die Gewissheit in dir festigen, dass alles, was du siehst und betrachtest, nicht von dir verändert werden muss und darf. Du hast das Gelübde geleistet, die Dinge, die du erkennst, nicht verändern zu wollen. Das gilt sowohl für die Gegenwart wie für die Vergangenheit und die Zukunft.

Deine bisherigen Erkenntnisse waren, dass du Karma aufarbeiten und jederzeit in jedes andere deiner Leben gehen kannst, um dort die Veränderungen herzustellen, die dir in dieser Bewusstseinsebene mehr Frieden geben. So kannst du das kleine Mädchen in dir trösten, in den Arm nehmen und ihr sagen, dass du sie liebst und verstehst und dass sie nicht allein ist auf der Welt. Gleichzeitig kannst du die einsame alte Frau in dir besuchen und trösten, wenn du in deine eigene Zukunft blickst.

Jetzt, durch die Glasscheibe, ist kein Eingreifen mehr möglich – und auch nicht mehr nötig, denn du hast die Erkenntnis gewonnen, dass alles seine Berechtigung hat und sein darf wie es ist. Dir ist klargeworden, dass alle Situationen in deinem Leben geschehen, weil es deinem Wachstum dient und dir hilft, die Erfahrungen zu machen, die es dir ermöglichen, deinen angestrebten Weg weiterzugehen.

Du vertraust dem Göttlichen Plan, der Gesamtheit des Lebens und dir selbst. Mehr brauchst du nicht, glaube mir.

Kommen wir zurück zum Groß- und Kleinhirn. Konzentriere dich jetzt bitte auf das hellere, zartere Gehirn und schreibe auf, was du erlebst.

Die grauen aber nicht dunklen Wolken, die bis eben meine Sicht verhindert haben, ziehen zu einer Seite ab. Sie gehen in großem Tempo aus dem Bild, wie bei einem Sturm. Ich sehe einen hellblauen Himmel und eine Landschaft, in der alles grünt und blüht. Ich sehe Bäume, Büsche, Gras und Blumen, alles im Einklang mit sich selbst. Ich sehe Freude, Leichtigkeit und Lust am Dasein. Das Bild ist friedlich und harmonisch, es macht mir Spaß, es zu betrachten.

Hin und wieder huscht ein Schatten über die Szene, es wirkt wie ein schwarzer Mann, der gebückt um die Bäume herumschleicht, dann verlässt er aber das Bild wieder, und der alte Frieden ist da. Nichts und niemand wirkt hier fehl am Platz oder ohne Sinn, alles gibt ein rundes und vollständiges Bild ab. So stelle ich mir das Paradies vor.

Danke für diese Beschreibung. Das ist also dein Dasein, deine Grundeinstellung zu diesem Leben. Der Schatten, der nur kurz durch das Bild huscht, sind Sorgen, Nöte, Kummer und Ängste. Du siehst, wie wenig Raum du ihnen gibst und wie schnell sie dich wieder verlassen. Das ist dein Leben, Eva, so und nicht anders sieht es aus. *Was macht es mit dir, das zu erkennen?*

Staunen und Freude, ganz viel Freude. Wieso war ich wieder nicht dabei, warum habe ich das noch nicht erkannt?

Halt, halt, du erkennst es ja jetzt.

Warum versuchst du, es ins Negative zu verkehren?

Jetzt erst ist der Zeitpunkt richtig, es zu erkennen und anzunehmen als Teil von dir.

Oh, ihr Menschen seid aber auch ein kompliziertes Volk – da hast du gleich nach dem Fühlen der Freude in das Großhirn umgeschaltet, um dich zu bestrafen für dieses herrliche Gefühl. Willst du dir jetzt einmal vornehmen, solche Selbstbestrafung in Zukunft zu unterlassen? Es hat wirklich keiner etwas davon ...

Danke für den Hinweis, ich werde darauf achten. Ich kann ja jederzeit das Bild durch die Glasscheibe betrachten. Das Umschalten läuft irgendwie von allein ab, ich möchte doch gern Freude empfinden und die Leichtigkeit leben. Ich möchte gern das Leben mit lachenden Augen betrachten und andere an meinem Glück teilhaben lassen. Ich habe es jetzt im Bewusstsein. Und was ist mit dem Großhirn?

Wir belassen es für heute dabei, uns auf das Kleinhirn zu konzentrieren, das Thema ist komplex genug. Im Kleinhirn erkennst du also deine Gefühle und deine Grundeinstellung zum Leben. Du konntest eben sehr schön beobachten, dass du kaum in der Lage bist, dieses Bild aufrecht zu erhalten, weil die Umschaltung auf „Gesamtheit" programmiert ist.

Das ist es, was euch Erwachsene von den Kindern am gravierendsten unterscheidet: Kinder leben spontan und fast ausschließlich im Kleinhirn. So nach und nach, wenn sie „vernünftig" werden, erfolgt die phasenweise Umschaltung in die Gesamtheit der Dinge, erst hin und wieder, und je nachdem, in welcher Umgebung sie sich befinden, geschieht das in immer kleineren Abständen und wird zum Selbstläufer.

Wir beneiden Kinder um ihre Spontaneität und die Freiheit ihrer Gefühle, aber kaum einer bringt es fertig, ein Kind wirklich darin zu lassen. Die erwachsenen Menschen meinen, sie müssten das Kind vorbereiten und schützen vor der bösen großen Welt. Ein weinendes Kind wird mit Worten getröstet, dabei würde es völlig reichen, es zu halten. Ein lachendes Kind wird animiert, diesen köstlichen Vorgang zu verlängern, weil die Erwachsenen so viel Freude daran haben, es zu beobachten oder weil sie wünschen, dass andere teilhaben. Ein Kind, das sich verletzt hat, bekommt ein Pflaster, und viele Menschen sind dazu übergegangen, die Gegenstände oder Partner in diesem Vorgang zu bestrafen, um dem Kind Trost zu spenden. Das sind nur einige Beispiele, wie ihr euren Kindern nach und nach abgewöhnt, spontan im Kleinhirn zu leben. Es ist nicht schrecklich, sondern der Lauf der Dinge und hat seinen Sinn.

Ähnlich geht ihr Erwachsenen auch mit euch gegenseitig um. Wenn ein Mensch in Tränen ausbricht, wird sofort die ganze Umgebung versuchen, die Situation irgendwie zu verändern, zu überspielen, einzugreifen, damit sie nicht peinlich ist. Derjenige, dem die Tränen gekommen sind, spürt diese Hektik, und sofort schaltet er in sein Großhirn, versetzt sich in die Lage der restlichen anwesenden Personen und gerät aus seinem Gefühl heraus. Es sei denn, es ist so angestaut, dass die Verzweiflung ihn weitermachen lässt. Das sind die Glücksmomente im Leben dieses Menschen, nur leider wisst ihr es alle nicht!

Ihr habt gestern auch davon gesprochen, dass nur richtig tiefe Wut euch dazu bringt, weiterzumachen im Kleinhirn. Wut ist das in eurer Gesellschaft am wenigsten geduldete Gefühl, da es leicht ausarten und nicht kontrolliert werden kann. Und es ist eure größte Chance, zu sein, wie ihr seid.

Für dich persönlich heißt das: akzeptiere dich mit deiner Wut, und du wirst dich akzeptieren mit deiner Gesamtheit. In deiner Wut bist du erkennbar, verletzbar und durchsichtig wie aus Glas. Das ist kein Nachteil, wenn du hinter dir stehst. Ihr alle versteckt Teile von euch selbst, weil ihr fürchtet, dass andere erkennen, dass ihr nicht hinter euch steht. Und bei gläsernen Menschen ist alles sehr leicht erkennbar.

Ich danke dir sehr, dass du dieses Experiment mitgemacht hast und mir so lange deine Aufmerksamkeit schenkst. Ich möchte immer wieder sagen, wie großartig es ist, mit dir zu arbeiten, denn du kommst auch zu mir, wenn du in der richtigen Stimmung bist, die Dinge auszuleben, zu erkennen und sein zu lassen.

Ich bin ziemlich verwirrt nach meiner Vision von heute morgen. Halb im Traum wurde mir klar, dass mein Sohn jetzt erwachsen ist und gehen muss. Ich hielt es auch für richtig und forderte ihn auf, loszugehen, aber er zögerte noch. Mein geistiger Sohn ist groß und stark. Er ist in meiner Nähe aufgewachsen, aber ich kann mich nicht erinnern, ihn bewusst bei mir gehabt zu haben.

Sofort dachte ich zurück an das Channel-Seminar, das ich bei Sibylle gemacht habe. Als Vorbereitung zur Öffnung unseres Kanals waren noch verschiedene Hürden zu überwinden, die wir im Laufe des Wochenendes angingen, teils in geführten, teils in stillen Meditationen. Ich sollte einen Sohn gebären, eine Mauer einreißen und über eine Schwelle gehen. Die Geburt des Sohnes machte mir am meisten Sorge, denn ich wusste mit einem männlichen Kind nicht umzugehen. Ich machte mir vorher viele Gedanken und meinte, es geht nicht, aber als es dann soweit war, war es ganz leicht und völlig natürlich. Ich hatte auch keine Berührungsängste. Das Kind sollte die Mauerreste entfernen, denn meine Mauer hatte ich inzwischen auch einstürzen lassen. Ich durfte ihm dabei nicht helfen, sondern sollte zusehen, wie er es macht.

Es fiel mir sehr schwer, nicht einzugreifen, aber nach anfänglicher Unsicherheit stellte er sich sehr geschickt an. Das liegt nun schon einige Jahre zurück, und an meinen Sohn habe ich lange nicht gedacht.

Die ersten beiden Maitage waren geprägt von gegenseitigem Abnabeln zwischen Sabine und mir, sehr lautstark und sehr schmerzhaft. Dann wurde mir klar, dass es das letzte Kapitel mit Hilfe von Michael war. Es ist gut und richtig so, das spürte ich, aber dann kam gleich die Frage: wie geht es weiter? Bisher hatte ich es ganz leicht, den Einstieg zu finden und meine Fragen loszuwerden. Wem stelle ich jetzt Fragen, oder soll ich einfach die Antworten aufschreiben?

Die Prozesse laufen, ich erkenne sie und akzeptiere sie als Erfahrungen, ich kann sie mit Abstand betrachten und zulassen, dass sie notwendige

Teile meiner Entwicklung sind. Das hilft mir aber alles nichts, wenn ich voller Wut, Enttäuschung, Kränkung oder Verletzung bin. Ich habe mich oft erst gesträubt, mich aber dann doch an den Computer gesetzt, um mir Hilfe zu holen, während ich in dieser Emotion steckte.

Mehr und mehr wird mir bewusst, dass ich jedes Kapitel in erster Linie für mich schreibe. Wenn außerdem andere Menschen daran interessiert sind, ist es umso besser. Dieses Buch zeigt mir meinen Weg und bringt mir ins Bewusstsein, dass es bis hierher kein Spaziergang war, sondern harte bis härteste Arbeit, durch alle Höhen und Tiefen ging, die ich mir vorstellen kann, aber auch verbunden mit tiefem Vertrauen in den Weg selbst und in die mich begleitenden Menschen und Geistwesen.

Der dritte Maitag schenkte uns Versöhnung, tiefe Zuneigung und Frieden, und der vierte beginnt gerade. Wie es auch kommt, es macht mich reich. Ich befinde mich in einer merkwürdigen Stimmung, einer Mischung aus Hingabe, Vertrauen und Unglaube. Etwas hat sich verschoben, ich kann es aber nicht benennen. Ich spüre ganz deutlich, dass es mit meinem geistigen Sohn zu tun hat, der jetzt im Begriff ist zu gehen. Er wollte nur noch sehen, was ich hier schreibe.

Mein Sohn, du warst mir so nah und dennoch nicht in meinem Bewusstsein. Ich fühle mich dir sehr stark verbunden und ein inniges Band der Liebe zwischen uns. Ich weiß, wenn du jetzt gehst, werden wir uns näher sein als jemals zuvor. Ich begleite dich auf deinem Weg, der dir hoffentlich viele Erfahrungen bringen wird. In den Höhen wirst du nicht an mich denken, aber wenn du an den Tiefpunkten angekommen bist, hole dir Energie und Kraft bei mir. Ich bin glücklich, dass es dich gibt.

Katja, meine Tochter, du warst mir nah wie kein anderer Mensch. Dich habe ich ganz hereingenommen in mein Herz und mein Leben, du hast mich ausgefüllt und warst ein wesentlicher Teil von mir. Diese Nähe hat mir viel Kraft und Vertrauen gegeben. Ich habe deinen Atem empfunden wie meinen eigenen. Ich habe mich verloren in meiner Liebe zu dir und wollte dir alles geben, was ich habe und noch viel mehr. Ich wollte alles sein für dich, diese Nähe niemals verlieren, Glück und Trauer mit dir und über dich empfinden. Am liebsten hätte ich dir jedes Gefühl abgenommen, damit dir ja keines weh tut. Ich wollte dich beschützen vor allem, was geschehen kann.

Den größten Schmerz hat mir die Trennung von dir bereitet. Ich dachte zeitweise, es zerreißt mich, nicht bei dir zu sein, nicht mehr Teil deines Lebens sein zu dürfen. Ich wäre so gern noch weiter deine Mutter gewesen, hätte dich behütet, mitgelitten und mitgelebt mit dir.

Ich weiß, ich hätte dir die Erfahrungen geraubt, das Leben genommen. Ich habe dich zu sehr geliebt und mich über dich gestülpt. Unsere einzige Chance ist die räumliche Trennung. Ich bin glücklich, dass wir uns jetzt nahe sind, egal ob wir körperlich zusammen sind oder nicht. Ich freue mich, dass das starke Band der Liebe uns verbindet und mir Kraft und Zuversicht gibt. Und ich spüre, dass du jetzt Vertrauen in dich selbst entwickelst und ohne mich atmen lernst.

Und ich? Ich lerne, die Liebe auf mich zu richten und in mir zu finden, was ich in unserer Verbindung gesucht habe. Ich bin dazu übergegangen, mich über Sabine zu stülpen, um loszuwerden, was mich überleben lässt: eine übergroße Liebe, die ein Ziel braucht.

Geliebte Geliebte, du hast es angenommen, es hat dir sicher auch gut getan, aber du hast es nicht nur genommen, sondern mir gleichzeitig einen Spiegel vorgehalten: sieh dir an, wie es wirkt. Meine Form des Liebens hat ganz viel Unterwürfigkeit und Sich-selbst-nicht-ernst-nehmen, was es dem Empfänger schwer macht, sich zu entziehen.

Du hast mir gezeigt, wie ich bin. Du hast mich gelehrt, mich selbst so zu lieben, wie ich andere liebe.

Deine Art den Spiegel zu halten, hat mir bewusst gemacht, dass etwas schief gelaufen ist.

Ich musste dir und mir sehr wehtun, um mich aus der unterwürfigen, selbstlosen Liebe zu befreien. Ich weiß jetzt, dass diese Form der Liebe weder mich noch einen anderen Menschen glücklich machen kann.

41 Kreativität

Guten Morgen, liebe Geister, kommen wir gleich zum Essen, unserem Thema Nr. 1. Wir finden heraus, wozu es dient, wann es als Ersatzbefriedigung dient und wie wir unsere Einstellung dazu verändern können. Ich denke, das Wichtigste ist, zu wissen, warum ich zuviel, unbewusst oder zu schnell esse. Das lässt sich aber nur in der Praxis herausfinden.

Ich glaube, ich schreibe aus dem Kopf heraus, das wollte ich gar nicht. Es sollte keine Anleitung sein: wie wurden Sabine und Eva mit dem Essproblem fertig, das sich ein Jahr nach Erreichen der Idealfigur einstellte. Kein Beispiel für andere, kein Verkaufsbuch, sondern ein Erfahrungsbuch soll es sein. Mein Erfahrungsbuch.

Das ist es, was mich eben so furchtbar aufgebracht hat: warum möchte ich immer alles anderen zuliebe tun?

Ich will allen gerecht werden und nichts tun, von dem ich weiß, dass es andere stört. Ich möchte meinen Tagesablauf eingliedern in die Gegebenheiten, anstatt in mich hineinzufühlen, was ich will und wie ich meine Kreativität ausdrücken und leben kann.

Ich beneide Sabine darum, dass sie ihre Kreativität lebt und Freude daran hat, wenn sie sofort sichtbar wird. Ich liebe den Ausdruck in ihrem Gesicht, wenn ein Bild fertig gerahmt an seinem Platz hängt, alle anderen Gegenstände verrückt oder hinzugenommen wurden, die Beleuchtung richtig eingestellt ist, die Gesamtheit stimmt und sie staunend davor steht. Staunend.

Und ich nehme das Gesamtbild mit ihrem Gesichtsausdruck wahr, alles passt zusammen, eine Harmonie, Schönheit mit einem Wort. Die Vollkommenheit wird sichtbar. Sie hat es erschaffen, sie hat das Bild von der Idee bis zum letzten Pinselstrich begleitet und gelebt. Bewundernswert.

Ihr Werk wird vollendet, wenn es seinen Platz bekommt, das Umfeld, das dieses Bild erstrahlen lässt und zum Leben erweckt. Die liebevollen Blicke, die sie ihrem Bild schenkt, lassen die Farben heller leuchten und die Umgebung gleich mit. Und das Staunen in ihrem Gesicht zeigt, wie sehr sie verbunden ist mit ihrem geistigen Kind und der irdischen Wirklichkeit, die sie auf diese Weise spielerisch und leicht zusammenfügt.

Ich kenne natürlich auch ihre Befürchtungen, dass andere es nicht so sehen wie sie, dass sie lästern oder abfällige Bemerkungen machen könnten. Sie muss ihre Kinder der Öffentlichkeit präsentieren, wenn sie ein Echo haben will. Dann wird sie erfahren, ob das Echo Begeisterung ist und damit Bestätigung, Desinteresse oder negative Kritik, was sie niederschmettern wird.

Sabine, ich beneide dich trotzdem, weil ich denke, dass du dir nimmst, was du brauchst. Du brauchst den Tanz mit deinem Pinsel – übrigens genauso wie den Tanz mit dem Spaten, der genialen Astschere oder den Säcken mit Erde, um deinen Garten in ein Kunstwerk zu verwandeln. Deine Kreativität beginnt in dem Moment, wenn du in einem Laden eine Pflanze entdeckst, die deine Phantasie anregt. Dann kommen gleich die Ideen: wenn ich die da mit einpflanzen würde, oder das dahin oder die Ecke neu mache – wie findest du das? Das Bild der Pflanze inmitten deines Paradieses ist sofort vor deinem inneren Auge.

Ich habe nicht diese bildliche Vorstellungskraft, ich verstehe es erst, wenn es fertig ist. Aber dann freue ich mich ebenso wie du, genieße die Natur, die Zusammenstellung der Farben und Grüntöne, den Frieden, wenn alles seinen Platz hat und strahlt. Wie du eingehst auf die Pflanzen, die nicht so kommen, wie du es dir vorgestellt hast: du versuchst, zu ergründen warum, bietest ihnen besondere Pflege, mehr Wasser oder einen neuen Platz an, oftmals sind sie aber schon zufrieden mit deiner Aufmerksamkeit. Sie tun ihr Bestes, um deinen Vorstellungen gerecht zu werden. Sie lieben dich wie du sie liebst, alle Pflanzen in deinem Garten.

Umso krasser empfinde ich den Umgang mit meiner eigenen Kreativität: mir war nicht bewusst, dass ich mich kaum traue, an den Computer zu gehen, weil ich denke, es könnte dir nicht gefallen. Ich beeile mich, um möglichst schnell wieder für gemeinsame Aktivitäten zur Verfügung zu stehen, ich bin unsicher, ob die Texte gut sind und habe Angst davor, dass der Text, an dem ich arbeite, nicht so wird wie es sein soll. Ich brauche die fertige Sache, um mir vorstellen zu können, wie es ist.

Du liest alle meine Texte und findest auch immer aufmunternde oder lobende Worte. Vielleicht kannst du dir schon vorstellen, dass das Buch einmal fertiggestellt ist, und du sagst, es macht dir Freude, zu lesen was ich geschrieben habe. Ich freue mich sehr darüber, bist du doch die einzige Person in dieser irdischen Wirklichkeit, die mir Mut macht, den Weg weiterzugehen.

Ich freue mich, wenn dir meine Texte gefallen, aber ich weiß nicht, ob sie mir gefallen. Manchmal, wenn ich nach längerer Zeit etwas wieder lese, bin ich erstaunt, dass ich es geschrieben habe. Dann freue ich mich auch darüber, ich bin ja nicht immer nur ängstlich.

Ich möchte heraustreten aus dem Bedürfnis, nicht aufzufallen, mich möglichst nahtlos einzufügen und auf keinen Fall meine Wünsche in den Vordergrund zu stellen. Ich möchte mich lösen aus der Vorstellung, nur gemocht und geliebt zu werden, wenn ich mich möglichst konform verhalte. Ich hasse es, so zu sein. Ich möchte tun was mir gefällt, meine Wünsche und Träume wahrnehmen und umsetzen, ich möchte frei sein und leicht leben, ich möchte nicht nur sagen, sondern auch fühlen: „Was die anderen denken, ist mir egal. Es ist mein Leben und meine Entscheidung. Ich schreibe das Drehbuch für jeden einzelnen meiner Tage."

Wie wäre es, wenn ihr jetzt einmal etwas dazu sagt?

Wunderbar, vielen Dank für die Gelegenheit.
Du bist auf vielen Wegen gegangen, um zu diesem Zentrum zu gelangen und hast nun den Kern erfasst. Die Wege waren lang und schmerzhaft, nicht immer eindeutig, oft mündeten sie in einer Sackgasse und du musstest ein Stück zurückgehen. Aber du hast keinen der Wege gescheut. Es hat dir neben der Mühe auch viel Freude bereitet, und du kennst den Spruch: der Weg ist das Ziel. Nun bist du angekommen. Alle Wege, ob sie Rundwege waren, geradeaus gingen oder viele Abzweigungen haben, hatten nur ein Ziel. Du bist das Ziel.

Du bist über eigene Erfahrungen und Beobachtungen gegangen, hast Erkenntnisse und Gefühle umgesetzt und als Gepäck mit dir geführt, hast Lasten abgeworfen und hinter dir gelassen. Du hast steinige und leichte, ebene Wege vorgefunden und immer hat eins dich weitergeführt: das Wissen um die wahre innere Kraft, die Zuversicht und das Vertrauen.

Seit geraumer Zeit gehst du diesen Weg nicht mehr allein, eine Gefährtin ist an deiner Seite, die genau immer das Gegenteil dessen repräsentiert, was dich bewegt. Das wird auch bleiben, ihr werdet euch immer ergänzen und damit die Gelegenheit haben, das Leben von allen Seiten zu betrachten und zu beleuchten. Diese Zusammensetzung ist unbezahlbar, denn die Erfahrungen, die ihr gemeinsam machen könnt, wären allein kaum zu erreichen.

Geht weiter Hand in Hand, löst eure Probleme und Sorgen, indem ihr euch ergänzt. Und gebt anderen weiterhin die Sicherheit, dass es möglich ist. Es geht nicht darum, dass andere Menschen erkennen oder anerkennen, was bei euch passiert. Es geht um euch, nur um euch, um die Aufgabe, die euch erwartet, wenn dieses Leben beendet ist. Und natürlich um eine erfüllte Inkarnation, die ihr anschließend auf vielfältige Weise nutzen könnt.

Ihr wolltet den Weg gehen, seid zwar manches Mal kurz stehen geblieben, wenn es euch zu beschwerlich erschien, habt ihn aber immer wieder aufgenommen und euch durch nichts den Mut nehmen lassen. Ihr habt dabei Stärke und Kraft entwickelt sowie Frieden und Freude in euch gefunden. Ihr seid einig in dem Bestreben, immer weiter und weiter zu wachsen.

Und nun noch ein paar Worte zu dir: die Erkenntnis des heutigen Tages lautet: steh zu dir, triff die Entscheidungen und trage die Konsequenzen. Wir wissen, dass du das alles schon weißt und auch schon viele Male umgesetzt hast, aber jedes Mal, wenn du es neu erkennst, dringst du in eine tiefere Schicht deines Bewusstseins ein und findest eine aktuelle Eva darin. Diese möchte wieder aufs Neue erforscht und berücksichtigt werden. Nichts ist mehr wie die anderen Male, als du in gleicher Sache auf Forschungsreise in dir warst. Alles ist neu, sollte so erfahren und gelebt werden. Bist du bereit dazu?

Ja. Ich denke in diesem Zusammenhang natürlich sofort an meine Arbeitsuche, die mich sehr gefangen hält, gedanklich wie praktisch. Brauche ich also nicht zu befürchten, mit dem Arbeitsalltag auch wieder in meine Eßgewohnheiten zurückzuverfallen, um mich dem gewachsen zu fühlen? Kann ich davon ausgehen, dass ich stark und stabil genug bin, um den Anfechtungen zu widerstehen?

Warum denke ich überhaupt, alle Menschen wollen mir Böses oder mich in Versuchung führen? Ich akzeptiere andere doch auch so, wie sie sind – oder? Oh Mann, ist da schon wieder ein Haken?

Stopp, Stopp – darauf gehen wir jetzt nicht ein. Mach nicht deine Erkenntnis kaputt, indem du gleich wieder etwas findest, was du gegen dich selbst verwenden kannst. Wir können dir sagen, warum du die anderen Menschen fürchtest: du hast dich bisher selbst falsch eingeschätzt und gesehen. Du hast die anderen, ob sie dir wichtig waren oder nicht, immer über dich selbst gestellt und damit versäumt, auf deine eigenen Bedürfnisse zu achten.

Du gehst jetzt mit ganz anderen Voraussetzungen zurück in eine Welt, die dir nur feindlich vorkommt, weil du unbekannt bist. Du bist dir und anderen unbekannt und fürchtest die Verurteilung durch andere. Mach dir keine Sorgen, gehe unter Menschen und erfahre, was du erfahren möchtest. Du hast ein stabiles Fundament, mach die Erfahrung, dass es dich trägt, was auch immer geschieht.

Vergiss die Sorgen um morgen und den Kummer um das, was gestern war. Nimm dir die Leichtigkeit, die du dir für dein Leben wünschst. Nimm dir alles, was du brauchst. Du wirst sehen, es ist richtig.

42 Trennung und Versöhnung

Ich werde noch einen Tag in diesem Hotel bleiben. Geschlafen habe ich kaum, denn der Krimi war spannend, und als er zuende war, kamen die Gedanken zurück.

Es ist also vorbei. Das war eine Kostprobe, dass wir gleich stark sind, im wahrsten Sinne des Wortes. Ich kann mir gut vorstellen, dass so eine Auseinandersetzung in anderen Leben zum Tod führte.

Wie geht es weiter? Ziehe ich aus, werde ich allein leben? Ich habe Angst davor, und doch scheint es mir die einzige Lösung zu sein. Ich schaffe es einfach so nicht.

Ich bitte um Gnade! Ich frage nicht, was ich tun kann. Keine Kraft, etwas zu tun. Nur die Bitte um Gnade, immer wieder: Gnade!

Von wem, für was?

Guten Morgen, Eva. Du wünschst dir Gnade vor dir selbst, hast du doch versprochen, dich nie wieder zu schlagen. Diese tätliche Auseinandersetzung war nötig, um euch den Abstand zueinander zu ermöglichen, in diesem fortgeschrittenen Stadium könnt ihr nicht alles so beibehalten. Es muss eine gravierende Veränderung erfolgen, zumindest vorübergehend. Eine Trennung, damit jede von euch ihre Wunden verarzten und ihre Gefühle sortieren kann. Das tut ihr jetzt.

Gib dir die Zeit, diesen Prozess gründlich zu tun. Sonst müsst ihr noch einmal von vorn ...

Immer wieder schlafe ich ein. Beim Aufwachen denke ich: ich möchte zu dir, weiß aber nicht, welches dein Zimmer ist. Vielleicht am Ende des Ganges? Traurigkeit, als mir bewusst wird, dass wir getrennt sind. Soll es immer so sein, sind wir am Ende unserer Beziehung? Und dann?

Ich muss hier raus. Es ist 15 Uhr, viel zu lange habe ich nicht gesprochen. Ich würde gern reden, egal ob man mich versteht oder nicht. Das miteinander Reden ist ein wichtiger Pfeiler unserer Beziehung und meines Lebens.

Sind wir beide bereit, für dieses Verständnis, dieses Einvernehmen Nachteile hinzunehmen? Was suche und finde ich in unserer Beziehung? Kann ich es auch in mir finden?
Fragen wie Wurzeln, die in der Luft hängen und keinen Boden finden.

Was eine freundliche Schmuckverkäuferin doch ausrichten kann – ich fühle das Alleinsein nicht mehr ganz so schmerzlich. Aber der Wunsch, irgendwo dazu zu gehören, ist mit voller Macht da. Ist es eine Lösung, sich ins Straßencafé zu setzen und Torte zu essen? Wo gehöre ich dann dazu? Zum Club der Tortenesser? Oder zu den Teetrinkern? Schlicht zum Club der Strassencafé-Sitzer? Das Murmeln um mich herum ist beruhigend. Es gibt immer etwas fürs Auge, ein kleiner Ersatz für das Gespräch.
Ich vermisse dich sehr, Sabine.
Ich liebe dich.
Wie wird mein Leben ohne dich aussehen? Werde ich jemals wieder mit einem Menschen so vertraut reden und zusammen sein können?
Nein, keine Torte. Nicht um der Torte willen. Ich weiß, Käsebrötchen ist ebenso gefährlich, aber es wird mich eher befriedigen. Die Gespräche an den Nebentischen kann ich verfolgen. Es ist nicht wichtig zu verstehen, was sie sagen – es geht um das Geräusch. Bin ich denn schon so verwöhnt, dass ein Tag der Trennung Ersatzbefriedigung fordert?
Ich habe mir einen Anhänger gekauft. Auf einmal war klar: ein silbernes Herz soll es sein, je größer desto besser. Und einen Ring. Amethyst. Außerdem habe ich mir schon ein Hose ausgesucht, einen Rock und ein Buch. Eigentlich müsste ich das Geld zusammenhalten, wenn jetzt ein Umzug ansteht. Aber ich möchte fühlen, dass ich lebe!
Umzug. Ich versuche, mich mit dem Gedanken vertraut zu machen. Allein leben. Stille. Und das ständige Mit-mir-Alleinsein.
Der Wunsch, dich anzurufen wird immer größer. Ich traue mich nicht. Du warst gestern so bestimmt, ich kann eine weitere klare Abfuhr heute nicht ertragen. Ich habe mir einen Zeh verletzt, und im Gesicht und am

Hals sind deutliche Spuren des Kräftemessens sichtbar.

Ich wünsche mir jemanden zum Reden. Ich möchte loswerden, was in mir ist, Eindrücke in Worte fassen, vielleicht ein bisschen lästern und kommentieren, was ich sehe. Ein Gegenüber haben, nicht mehr schweigen müssen. Geht es allen Einsamen so? Leben viele Menschen so wie ich jetzt?

Außer mir scheint niemand einen Gesprächspartner zu brauchen. Alle haben entweder jemanden dabei oder sind beschäftigt, eilen vorüber.

Ob ich dich doch anrufe?

Eine Telefonzelle ist gleich gegenüber. Und dann?

Was soll ich sagen?

Wie gehe ich damit um, wenn du genauso klar sagst wie gestern: du brauchst nicht wieder zu kommen, es ist vorbei. Was dann?

Ich lasse es lieber.

Viele Menschen sind unterwegs, besonders viele Kinder in Gruppen. Es ist bunt hier, ich fühle mich gut auf meinem Beobachtungsposten. Wie lange kann ich hier so sitzen, muss ich noch was bestellen? Diese Mädchengruppe kommt nun schon zum dritten Mal vorbei. Sie sind in Katjas Alter. Auch sie streift vielleicht gerade mit ihren Freundinnen durch den Ort. Kurz war gestern die Idee gekommen, dorthin zu fahren, wo sie Ferien macht. Dann habe ich es aber wieder verworfen – ich hätte sie gestört, und das will ich nicht. Stören.

Tränen kommen hoch. Was ist mit dem Wort? Wieso hatte ich von jeher das Gefühl, jemanden oder etwas zu stören? Eine bestehende Gemeinschaft, einen reibungslosen Ablauf zum Beispiel. Wer das Gefühl hat zu stören, nimmt sich selbst nicht wichtig.

Besonders stark war das Störungsgefühl immer, wenn ich bei Sabine war, anfangs zu Besuch, dann ganz. Ich wollte nicht stören, im Weg sein, Unruhe bringen. Ich fühlte mich wie ein Eindringling. Ihr Mann ist meinetwegen ausgezogen, Sabine musste sich für mich einschränken. Rolf und Katja müssen ohne mich auskommen, die meisten Menschen, die in meinem Leben eine große Rolle gespielt haben, mussten sich umstellen.

Alle hatten mein Mitgefühl oder Mitleid. Und was war mit mir?

Nie konnte ich annehmen, dass ich ein wichtiger Teil der Gemeinschaft bin. Immer wieder sah ich nur, was andere durch mich für Nachteile hinnehmen mussten und wie schlimm es für sie war, dass ich mich verändert habe.

Ich fühlte mich wie ein Schmarotzer. Mein ganzer Stolz hing davon ab, ob ich die Miete bezahlen konnte und niemandem „auf der Tasche" lag. Es war einfach grausam, wenn es nicht reichte, wie oft habe ich deshalb geweint! Alle meine Befürchtungen, allein nicht existieren zu können, haben sich in den ersten Monaten unseres Zusammenlebens bestätigt: ich bin eben nicht stark / gut / flexibel / liebenswert (!) genug, es allein zu schaffen. Jeder Schuldbetrag hat mich schwer gedrückt, Schuld in jeder Beziehung. Damit wäre ich bei dem Thema, das mich seit gestern nicht mehr loslässt:

SCHULD, SCHULD, SCHULD.

Warum fühle ich mich ständig schuldig an allem, was passiert? Warum kann ich meine Person nicht heraushalten, warum mache ich mich immer wieder fertig mit dem Gedanken, ich müsste alles ausgleichen?

Auch in dem Zusammenhang habe ich es bei Sabine am stärksten bemerkt: ich wollte alles ausgleichen und wiedergutmachen, was jemals in ihrem Leben nicht so gelaufen ist, dass sie glücklich war. Hinzu kam die oft geäußerte Bemerkung, dass ihr Mann etwas genauso gesagt oder gemacht hätte, gleiche Verhaltensmuster, ähnliche Wortwahl. So viele Ähnlichkeiten, dass ich mich schon wieder schuldig fühlte und dieses und jenes auf gar keinen Fall tun oder sagen wollte.

Ich war auf jedes Wort, jede Geste und bei allem Tun darauf bedacht, nicht das zu wiederholen, was ihr wehgetan hatte, dass mir gar keine Zeit blieb, auf mich selbst zu achten. Eine Vollzeitbeschäftigung, ohne die Chance, zu mir selbst zu finden.

Ich versuche herauszufinden, warum die Abnabelung so schmerzhaft, mühsam und langwierig ist. Ich habe mich wieder einmal mit dem identifiziert, was ich meinte für andere tun zu müssen. Ohne Rücksicht auf eigene Wünsche, Bedürfnisse und Regeln. Ohne in mich zu fühlen, umgeben von einer dicken Mauer aus Geboten und Verboten. Immer darauf bedacht, die Gefühle anderer nicht zu verletzen und nicht zu stören. Ich zählte nicht. Was zählte, war die Selbstaufgabe für andere, die wichtiger, größer, stärker und bedeutender sind als ich.

Ich versuche, anderen klar zu machen, dass sie bei sich selbst bleiben müssen, kann es aber für mich nicht umsetzen.

Du müsstest mich mal sehen: ich schleiche durch die Fußgängerzone, von einer Sitzgelegenheit zur anderen, um schreiben zu können. Ich bin froh, dass ich dich angerufen habe. Froh, dass es dich gibt. Ich vermisse dich, und würde am liebsten sofort nach Hause brausen, jetzt, da ich weiß, dass ich willkommen bin. Aber ich bin mit meinen Erkenntnissen noch nicht „fertig", es fehlt noch etwas, was ich nur in mir finden kann, wenn ich mich nicht gleich wieder in deine beschützende Geborgenheit begebe. Es sitzt sehr tief.

Petreus, kannst du mir helfen?

Natürlich kann ich das, und mit Freuden tue ich es!

Die Spur, die du verfolgst, ist richtig, es fehlt nur noch ein wichtiges Puzzleteil: die Selbstverständlichkeit. Lerne von Kindern, selbstverständlich zu werden. Die täglichen Verrichtungen sollten ohne Anstrengung laufen, ebenso alle deine Gefühle und Bedürfnisse. Alles, was in dir ist und dich ausmacht, sollte klar und ohne Einschränkung einfach leben dürfen. Versuche, alle Mauern und Schranken in sich zusammenfallen zu lassen. Versuche, dein Innerstes klar zu leben, auszudrücken und auch auszustrahlen.

Der Weg bis zu deiner neuesten Erkenntnis war lang, mühsam und dornenreich. Du bist durch alle Tiefen gewandert und hast dich bis in den letzten Winkel erkannt. Dies sind wichtige Voraussetzungen für die **Auflösung**, *die jetzt bevorsteht. Nimm sie gelassen, wie sie kommt, sie ist die natürliche Entwicklung und nichts Gewaltiges, Spektakuläres oder Aufsehenerregendes. Sie ist so natürlich und selbstverständlich wie deine Vollkommenheit. Sie ist*

warm und freundlich und allgegenwärtig. Nimm sie in dein Herz und beo-
bachte, was geschieht.
Mehr brauchst du jetzt nicht.
Ich bin in Liebe bei dir, und nicht nur ich!

Auch Sabine holt ihre Begleitwesen zur Hilfe.
Gleicher Tag, nachmittags.

Jetzt ist alles zerschlagen. Nichts ist übrig geblieben von euren Illusionen, Vor-
stellungen und Plänen. Es ist nichts mehr da, was ihr planen könnt. Alles ist
so gelaufen, weil ihr es zugelassen habt. Ohne Einschränkungen seid ihr bis
in die tiefsten Tiefen gestiegen und habt alles ans Licht gebracht. Das ist nun
der Abgrund, aus dem ihr euch wieder empor hangeln könnt. Neu und un-
gebraucht. Selbstbewusst und ohne Hintergrund, an den man sich noch an-
lehnen kann.
Nichts wird so sein wie es einmal war. Alles kann ohne Belastung beginnen,
denn ihr braucht eure Abgründe nicht mehr zu fürchten: sie liegen nun offen
vor euch. Schaut nicht zurück, sondern lebt jeden Augenblick, jede Sekun-
de, lebt das Geschenk dieser Erde und genießt, was das Leben euch zu bieten
hat. Fangt an zu fliegen.
Ihr werdet sehen, es geht ganz leicht. Gebt dem Teil von euch nun mehr
Raum als bisher. Die Voraussetzungen dafür sind nun geschaffen.
Blicke zuversichtlich in den Tag.
Wie es kommt, ist es gut.

43 Selbstwert

Ich weiß nicht so genau, worüber ich heute schreiben soll, ich fange am besten einfach an. Durch die Neugestaltungsarbeiten hier im Haus ist auch in uns vieles neu eingerichtet worden. Ich kann es nicht mit Beispielen benennen, ich merke nur sehr stark, dass die Veränderung im Außen auch immer eine innere Veränderung nach sich zieht.

Seitdem mein Schreibtisch im Arbeitszimmer steht, wirkt es plötzlich bewohnt, ich fühle mich hier ganz anders und suche das Zimmer auch einfach mal so auf, während es vorher ein Jahr lang darauf gewartet hat, dass Menschen zu mir kommen. Ich wollte es zum Arbeiten benutzen und habe meine Arbeit mit anderen Menschen höher gestellt als die Arbeit, die ich am Computer leiste. Jetzt erkenne ich, dass ich dieses Zimmer nur benutzt habe, wenn auch jemand anders darin war – außer natürlich als Schlafzimmer für Katja, wenn sie hier war. Ich habe es mir nicht erlaubt hier zu sein, habe es freigehalten. Nun ist es schon seit einigen Wochen verwaist, denn der Zulauf ist ja auf Null gegangen.

Damit wäre ich schon beim Thema. Eben habe ich die Zeitung durchforstet nach Stellenangeboten, es ist wirklich nichts darin, was mich reizen würde. Ich bin aber verpflichtet, mich zu bewerben, also werde ich wohl wieder mal bei einer Firma anrufen, die eine Heimarbeit vermitteln möchte. Ich mache es halbherzig, denn ich sehe inzwischen, dass ich die Zeit vollkommen für mich brauche. Aber ich muss doch auch existieren und will mich möglichst bald von der Sozialhilfe unabhängig machen. Wenn ich mich nicht bewerbe, werden die Leistungen um 25 % gekürzt, dann reicht es ganz bestimmt nicht mal mehr für Miete und Krankenversicherung, und wie soll es dann weitergehen? Ich habe nun schon einen beträchtlichen Schuldenberg und Sabines Mittel sind auch begrenzt. Es muss etwas geschehen.

Ich weiß, dass es vor einem und auch vor zwei Jahren eine ähnliche Situation gegeben hat, und immer hieß es: spring, dann wirst du sehen, dass und wie es geht. Es ging immer, ganz wunderbar sogar, ich kann mich wirklich nicht beklagen, denn viele Wünsche blieben nicht offen. Eben nur der Wunsch nach Sicherheit und Aussicht auf Einkommen. Ich weiß, ich kann aus diesem Kreis nur heraustreten, wenn ich die Erfahrung mache und etwas wage. Aber wie?

Dieses Mal ist es für dich noch viel einfacher als in den anderen Jahren, denn du hast schon die Erfahrung gemacht, dass es funktioniert, ohne Sicherheiten und ohne Aussicht auf Besserung und festes Einkommen zu leben. Mach so weiter wie bisher, auch wenn du davon ausgehen kannst, dass dich weder die Leute im Sozialamt noch sonstige „Geldgeber" verstehen werden. Es ist notwendig, die Erfahrung bis zuende zu machen, du bleibst sonst auf halber Strecke stehen. Und du weißt schon, dann geht alles noch einmal von vorn los.

Also, setzen wir einmal voraus, dass es außer Sabine niemanden gibt, der deine Situation nachvollziehen kann. Das hat zur Folge, dass jeder dir seine Liebe und sein Verständnis entziehen kann, und zwar sofort. Alle von denen du jetzt noch hoffst, dass sie Verständnis haben, können dir den Rücken kehren und dir mitteilen, dass es ihnen egal ist, was mit dir passiert. Wie wäre es für dich?

Es erschreckt mich, obwohl mir gerade klar wird, dass es sowieso keine Menschen mehr gibt, die mit mir zu tun haben wollen. Ich will nicht sagen, an denen mir liegt, denn es gibt mehrere, an die ich oft denke. Sie scheinen kein Interesse mehr zu haben, seitdem ich nicht mehr funktioniere als billige Ratgeberin und Zuhörerin. Ich frage mich schon seit einigen Wochen, warum eigentlich die Initiative immer von mir ausgehen soll und woran ich merke, dass ich anderen wertvoll war und bin.

Ihr sagt, die Welt ist ein Spiegel und zeigt mir, wie ich mit mir umgehe. Heißt das etwa, dass ich mich selbst gleichgültig und desinteressiert behandele, also in dieser Beziehung keinen Schritt weiter gekommen bin? Warum sitze ich sonst völlig isoliert den ganzen Tag da, wo mir doch die Kontakte immer so wichtig waren?

Ich kann nicht anders, ich suche die Schuld in meinem Verhalten: bin ich nicht aufmerksam genug? Verlange ich zuviel von meinen Gesprächspartner? Höre ich nicht zu? Stelle ich nicht genügend Fragen nach ihrem Leben? Es macht mich traurig und mutlos, dass nichts, wirklich nichts passiert, wenn es nicht von mir ausgeht.

So ist es, meine Liebe, es muss von dir ausgehen.

Wir meinen damit nicht in erster Linie deine Kontakte zu anderen Menschen, sondern deine Initiative für dich selbst. Du sollst in keiner, wirklich keiner Beziehung mehr im Opfer bleiben, sondern alles, was du dir wünschst und was du willst, umsetzen und Realität werden lassen. Du wünschst dir, dass Menschen, die dir einmal sehr nahe gestanden haben, sich für dich interessieren und dies bekunden, zum Beispiel indem sie dich anrufen. Verlange nicht zuviel von anderen, sie sind verunsichert und wissen gar nicht mehr, mit wem sie es zu tun haben. Und das ist nicht deine „Schuld" sondern einfach eine Folge deiner Veränderung, also nicht zu werten.

Du möchtest erleben, dass den Menschen am Kontakt mit dir liegt, also Bestätigung von außen haben, dass du in Ordnung bist. Du wünschst, dass sie verstehen, dass du im Moment keiner „geregelten" Berufstätigkeit nachgehst, sondern von öffentlichen Mitteln lebst. Warum? Warum sollten sie es tun, und was hast du davon, wenn dir jemand sagt: ich verstehe dich?

Ich fühle mich in meiner Entscheidung und Persönlichkeit bestätigt. Ich habe den Eindruck, dass ich nicht ganz außerhalb jeglicher Norm stehe, sondern in meinen Mitmenschen Verständnis finde, so wie ich auch viele Jahre Verständnis hatte. Ist das so verkehrt?

Nein, verkehrt ist es nicht, es ist auch gut nachzuvollziehen, dass du diesen Wunsch hast. Wenn du aber anstrebst, in dir selbst alles zu finden, was du brauchst für deine Sicherheit und dein Glück, ist jede Annäherung von außen ein Stolperstein. Wie du dich kennst, wirst du dankbar auf diese Stütze zurückgreifen und kommst wieder für geraume Zeit aus dem Tritt. Der Tritt aber macht dich sicherer und glücklicher.

Es ist unheimlich schwer für mich, das zu akzeptieren. Ich denke manchmal, für so schwierige Übungen bin ich nicht weit genug, nicht stark genug, noch zu sehr gebunden an irdische Bedürfnisse.

Die Stärke wächst mit den Anforderungen, das hast du in vielen anderen Beziehungen schon erfahren. Und was heißt eigentlich „weit genug"? Du hast dir doch für dieses Leben vorgenommen zu wachsen und weiter zu kommen, wieso stehst du dir mit solchen Floskeln selbst im Weg?

Ihr sprecht heute sehr deutlich und hart mit mir.

Habt ihr Mitleid, oder warum ist das nötig?

Weder das eine noch das andere. Wir sprechen nur Klartext, damit du die Zusammenhänge verstehst. Also: wachse und gehe weiter, behindere dich nicht mit Einschränkungen, die deinem Bewusstseinsgrad nicht mehr entsprechen, und lass das Leben laufen, wie es läuft. Viel mehr wird nicht von dir verlangt.

Ich danke euch. Aber ihr habt es mir trotzdem ganz schön gegeben.

44 Über die Lust

Hallo Jesaia, wir beschäftigen uns mit dem Thema Gelüste. Ist es in Ordnung, wenn wir immer alles essen, worauf wir gerade Lust verspüren? Ich möchte so gern meinen Gefühlen die Entscheidung überlassen, aber die Angst vor den Konsequenzen hält mich oft davon ab, das zu tun, was mir spontan einfällt.

Der Mensch ist lustvoll konzipiert, das heißt lebensnotwendige Verrichtungen laufen fast alle über die Lust.
Die Ernährung ist ein wesentlicher Faktor. Der Urmensch hat Lust verspürt auf Nahrung und sie sich verschafft. Er hatte Lust an der Ernte, Zubereitung und am Genuss dieser Dinge. Heute ist der Mensch zwar noch lustbetont, was das Essen betrifft, aber leider vertrauen die wenigsten ihren Gelüsten. Der „moderne" Mensch teilt seine Nahrungsmittel über den Verstand auf in „verboten" oder „erlaubt", angemessen an die Tages- oder Jahreszeit und so weiter.
Ihr gebt eurem Kopf die Macht, über eure Gefühle zu bestimmen, indem ihr einteilt und klassifiziert. Würde jeder Mensch immer nach seinem Gefühl essen, gäbe es eure Zivilisationskrankheiten nicht.
Ich nehme die Ernährung als Beispiel, weil ihr daraus Schlüsse ziehen könnt auf andere Lustarten. Wer nach seinen Gefühlen lebt, genießt voller Lust einen blauen Himmel, das Strahlen der Sonne, das Zwitschern der Vögel und den Duft frisch gemähten Rasens. Die Lust sollte alle Sinne einbeziehen.
In der sexuellen Lust unterscheidet ihr leider auch zwischen verboten und erlaubt sowie angemessen für die Tages- oder Jahreszeit, anstatt euch von euren Gefühlen leiten zu lassen. Lust, egal auf welchem Gebiet, lässt sich nicht einteilen oder warm halten. Sie sollte spontan ihren Ausdruck finden, und keine äußere Regelung sollte euch so sehr begrenzen, dass ihr euch selbst bestraft.
Lust zu unterdrücken heißt Lebensenergie in einen Käfig sperren. Energie aber braucht immer Freiheit. Freiheit ist eine wichtige Voraussetzung für inneren Frieden. Frieden lässt die Liebe unendlich wachsen.

Erkenne, wie sehr du dich blockierst, wenn du Lust unterdrückst. Keine Lust kann durch eine andere ersetzt werden. Wenn dein Körper sich nach Erfüllung im sexuellen Bereich sehnt, wird er alle anderen Lustquellen, die du ihm halbherzig anbietest, empört ablehnen.

In deinem bisherigen Leben hast du immer wieder versucht, einen Ersatz zu finden für deine Lust. Du bist besonders temperamentvoll und lustbetont, Eigenschaften, die dir früh abgewöhnt wurden, teilweise mit extremen Methoden. Kein Wunder, dass du versucht hast, auf andere Art an deine Befriedigung zu kommen.

Jetzt hast du von außen keinen Druck mehr zu erwarten und entdeckst nach und nach, wie du wirklich bist. Viele Eigenschaften, die du an dir als selbstverständlich betrachtet hast, haben sich als gar nicht zu dir zugehörig erwiesen, dafür entdeckst du immer wieder staunend Seiten an dir, die du vorher nicht mit dir in Zusammenhang gebracht hättest.

Leider sortierst du noch und überlegst, ob du diese Eigenschaften akzeptieren kannst. Es bleibt dir nichts anders übrig, denn du bist du.

45 Selbstliebe

Guten Morgen, liebe Freunde. Mich beschäftigt ein Thema, das ich gar nicht wieder loswerde. Vielleicht könnt ihr mir helfen. Es geht um die Liebe. Ich habe festgestellt, dass ich Zärtlichkeiten, Aufmerksamkeit und alle Liebe auf Sabine und Katja projiziere. Gestern kam mir plötzlich der Gedanke, dass ich es genauso gut mir selbst geben könnte, es ist irgendwie dasselbe.

Wenn ich nun an meinem Ziel, der Selbstliebe, angekommen bin, verändert sich dann die Form der Liebe, wie ich sie anderen geben kann? Oder bin ich dann so auf mich selbst fixiert, dass die anderen zu kurz kommen? Wie verhält es sich überhaupt mit der Selbstliebe, wie wird sie praktisch gelebt? Ich habe das Gefühl, das alles noch nie erfahren zu haben.

Wenn solche Fragen auftauchen, ist es ein Zeichen, dass du ganz nah am Ziel bist. Wenn man von Ziel überhaupt sprechen kann, denn du weißt ja: kaum hat sich eine Sache geklärt oder erledigt, steht die nächste dahinter und will gelöst werden. Das ist auch der Grund, warum du viele Lösungen nicht mitbekommst.

Du kennst doch den Spruch: die Liebe ist das einzige, das sich vermehrt, wenn du es verschenkst. Hab also keine Angst, denn wenn du in der Lage bist, dich selbst zu lieben, ist es eher noch intensiver und tiefer, was du anderen geben kannst. Es ist ein Mechanismus, der immer greift: liebevolles Annehmen hat liebevolle Ausstrahlung zur Folge, diese wiederum kommt zu dir zurück. Es ist nichts dabei, was du fürchten müsstest.

Du hast die vollkommene Liebe zu dir selbst in diesem Leben bereits erfahren, und zwar in den ersten zwei Lebensjahren. Das Kleinkind kann sich annehmen und akzeptieren ohne Einschränkung und ohne Gewissen.

Die Umwelt beginnt dann, es zu verändern, indem dem Kind Dinge abgewöhnt werden, die es spontan tut, weil Verhaltensmaßregeln an die erste Stelle gesetzt werden. Das Kind erfährt, dass andere Menschen und deren

Befindlichkeiten eine große Rolle für das eigene Wohlbefinden spielen. Mehr oder weniger stark erlebt jedes Kind diese Phase des „Zurechtbiegens" früher oder später.

In der Zeit der antiautoritären Erziehung hat sich gezeigt, dass es anders herum auch nicht funktioniert, weil die Grenzen fehlen, die jedes Kind notwendig braucht. Jetzt seid ihr übrigens wieder in einer Umbruchphase, was das Aufwachsen eurer Kinder betrifft, es ist lobenswert im Ansatz, wird aber seine Schattenseite noch zeigen. Egal wie es läuft, du weißt, dass es richtig ist.

Das Kind verändert sich nach dem zweiten Geburtstag so, wie es von der Umwelt gefordert wird. Es ist unerhört anpassungsfähig und tut alles, um die Liebe der Umgebung zu gewinnen oder zu erhalten.

Liebende Eltern möchten ihren Kindern den Weg ins Leben ebnen und sie vorbereiten auf die Dinge, die vom Erwachsenen gefordert werden. Natürlich spielen persönliche Nöte, Süchte und Probleme eine große Rolle, aber gerade diese Umgebung ist es, die das Kind sich erwählt hat, um daran zu wachsen.

In der sogenannten Pubertät kommt es dann wieder zu einer Umkehr. Das Auflehnen gegen alles, was dem Kind aufgebürdet, angelastet und anerzogen wird, spielt die größte Rolle. Einige Kinder verhalten sich in dieser Zeit völlig unauffällig, die meisten jedoch versuchen, über ihr Äußeres und ihr Verhalten aufmerksam zu machen darauf, dass sie jetzt nicht mehr mitspielen möchten. Diejenigen, die jetzt stillhalten, holen es entweder nach oder hatten es schon und haben resigniert.

Eltern, die ihre Chance erkannt haben, mit und an ihren Kindern zu wachsen, nutzen diese ergiebige und energiegeladene Zeit, um sich selbst auch zu hinterfragen und Dinge zu verändern, die in dieser Form nicht mehr akzeptabel sind. Das ist allerdings nur ein geringer Prozentsatz, die meisten halten an ihren Gewohnheiten und Sicherheiten fest. Du kennst die Gründe und weißt, wie schwer es ist, dem zu entwachsen.

In der Zeit der bedingungslosen Selbstliebe, von der wir eben sprachen, ist die Liebe für jedes andere Wesen ebenso bedingungslos und tief. Es gilt, diesen Zustand wieder zu erreichen. Der Weg dahin geht über Gewohnheiten und Sicherheiten, Muster und belastende Sorgen und Gedanken. Erst wenn das alles einmal von den Schul-

tern genommen wurde, kann der Zustand der reinen Selbstliebe und somit der reinen Liebe für die Menschheit wieder den Raum bekommen, der ihr zusteht.

Wir Wesenheiten verlassen diesen Zustand nicht, das ist vielleicht die Ursache für viele Missverständnisse, wenn Kontakte zwischen Menschen und Wesenheiten zustande kommen. Aber wir sind genauso flexibel und wissbegierig wie ihr. Alles klar?

Ja und nein. Tief in mir erkenne ich, worum es geht, und meine Ängste in diesem Zusammenhang haben sich verflüchtigt. Langsam begreife ich die Großartigkeit dieses Daseins, ganz allmählich bekomme ich eine Ahnung von den Zusammenhängen. Dann kann ich nicht mehr von Ungerechtigkeit, Opfern und armen Menschen sprechen. Aber zuerst muss ich es selbst erfahren und erlebt haben, ganz unten zu sein, ganz am Rande meines Selbst und ohne jegliche Sicherheit, ganz ohne Basis innen und außen, einfach mit dem Vertrauen, dass die Liebe in mir lebt und das Leben Spaß machen soll. Ich begreife.

46 Achterbahn

Ich habe Frust und Wut und Trauer. Mein Kopf schmerzt, ich bin schlecht drauf und möchte noch nicht einmal das Essen zum Ablenken und als Trost benutzen. Es ist alles schwer und mühsam, obwohl ich keinen äußeren Grund dafür finden kann. Wo bleibt die Dankbarkeit?

Ich wollte und will schließlich viel Zeit für mich haben, für das Schreiben, meine Prozesse und die Zweisamkeit mit Sabine. Und jetzt ist es zu viel, viel zu viel, ich ertrage es nicht mehr, so viel Zeit für mich zu haben. Es gibt keinerlei Anforderung mehr, keine Anreize, keinen Genuss der Situation und keinen Spaß mehr mit anderen. Es gibt nur noch mich, mich, mich, und das ist ganz schön hart.

Ich empfinde mich als anstrengend, widersprüchlich ungenügend, ich fühle mich mit mir nicht wohl. Ständig fallen mir Dinge ein, die ich gerne regeln möchte, dann habe ich nicht den Mut oder die Lust oder das Durchhaltevermögen, sie in Angriff zu nehmen. Ich möchte noch viel mehr schreiben, bremse mich aber ständig selbst, weil ich keinen äußeren Anlass habe, mir das Thema fehlt oder ich mir nicht zutraue, es laufen zu lassen. Das bremst mich auch bei der Verfassung kurzer Texte, wie ich es heute morgen hatte. Ich habe mich angeschlossen, aber nicht laufen lassen. Ständig fand ich eine Formulierung nicht gut und habe an diesem kurzen Text so lange herumkorrigiert, bis ich völlig unzufrieden war. Ich weiß nicht, warum mir das Vertrauen fehlt.

Vielleicht weil ich um jeden Preis etwas leisten will?

Genau das ist der Punkt, weshalb du unzufrieden und frustriert bist und immer denkst, es müsste etwas von Außen geschehen; dir fehlt der Anstoß, etwas zu leisten, was dann andere wiederum anerkennen können, damit du dich gut fühlst. Deshalb ist es auch so anstrengend für dich, mit dir allein zu sein, denn du akzeptierst deine Leistungen nicht, lobst dich nicht dafür und kannst dich somit nicht besser fühlen.

Leistung ist für dich nur etwas wert, wenn mindestens ein weiterer Mensch profitiert, etwas Sichtbares, Greifbares, Fühlbares und vor allem Nachvollziehbares. Was ist das schon, wenn ihr euch eure Träume erzählt, darüber einen Anhaltspunkt bekommt, der euch zu einer Erkenntnis bringt, die wiederum eure Gefühle in Gang setzt? Eine Stunde später kannst du dich ja nicht einmal mehr erinnern, welches Thema überhaupt dran war und wie die Erkenntnis lautete. Du bist verändert daraus hervorgegangen, und ein kleiner Teil von dir fühlt sich jetzt besser, vollkommener und freier.

Das ist deine und eure Hauptaufgabe, eure Leistung, das Ergebnis eures Lebens. Ich weiß, dass es dir lieber wäre, du könntest etwas vorweisen.

Wenn andere dich fragen, was du machst, was antwortest du dann?

Ich würde antworten (mit dem Gedanken, das verstehst du sowieso nicht): Danke, es geht mir gut, ich fühle mich wunderbar und schrecklich, ich sitze in einer Achterbahn, die mich von morgens bis abends durch die Lüfte wirbelt, ansonsten passiert nichts, gar nichts in meinem Leben. Ich bin erfüllt von diesem Dasein und völlig frustriert. Ich bin zufrieden wie noch nie vorher und habe tiefe Depressionen. Alles ist glatt und gut und wunderbar, und alles ist schrecklich, frustrierend und zieht mich runter.

Genau das lebe ich im Moment.

Das ist eine Aussage, die mir sehr gut gefällt.

Ist dir aufgefallen, dass du die positiven Dinge zuerst nennst? Und dass immer zuerst dein Gefühl zu Wort kommt und dann der Verstand?

Nein, aber danke für den Hinweis.

Was mich beschäftigt, ist meine eigene Wahrnehmung und mein eigenes Wohlgefühl, die Zufriedenheit in einer Situation, die nichts zu wünschen übrig lässt, und dann kommt die Umschaltung auf meinen Gesprächspartner. Immer wenn ich mit einem anderen Menschen spreche, stelle ich mich darauf ein, dass er nicht nachvollziehen kann, was bei mir passiert. Die anderen Menschen haben aber durchweg die Auffassung (und tief in mir ruht sie auch noch), dass zu einem geregelten Leben eine Einkommensquelle gehört, eine Verpflichtung, etwas, was den Tag versaut und worüber man stöhnen kann.

Es gehört einfach dazu, dass man nicht immer die Zeit frei einteilen kann und ohne jegliche Einschränkung lebt, diese Regel muss als erste eingehalten werden. Ich kenne niemanden, wirklich niemanden, der mich nicht fragt, ob ich schon einen Job gefunden habe. Und ich kenne niemanden, der die Antwort verstehen würde, dass ich gar nicht unglücklich darüber bin, dass es nicht klappt. Ich brauche jede Sekunde des Tages für mich, hätte also gar keine Zeit zum Geldverdienen.

Ich tue mich ganz besonders schwer, mir zuzugestehen, völlig anders zu sein. Es kommt mir auch immer wieder in den Sinn, ob ich die Vorstellung habe, ich könnte mit 41 Jahren in Rente gehen oder mich zur Ruhe setzen. Dabei arbeite ich ununterbrochen, viel härter und intensiver als jemals zuvor in meinem Leben. Aber es ist eine Arbeit, die mich nur selten erschöpft und mich selten stöhnen lässt, es geht eher darum, dass ich weiß, dass andere Menschen andere Vorstellungen haben. Blöd, nicht?

Das ist der Punkt, der dich Achterbahn fahren lässt: Du kannst es nicht mehr unter einen Hut bringen. Es ist unmöglich, zu erwarten, dass jemand versteht. Es ist schon riesig, wenn jemand akzeptiert, wie du lebst, und dein jetziges Umfeld ist in der Lage dazu.

Erst fühlst du deinen augenblicklichen Zustand, die Zufriedenheit, den Spaß am Tag. Dann kommt das schlechte Gewissen, dass du lebst, wie du lebst. Du willst wissen, weshalb deine Stimmung so umgeschlagen ist. Du forschst und gehst ziemlich streng mit dir um, denn du bist es ja gewohnt, die Schuld zu übernehmen für alles was geschieht, ob es dir passiert oder anderen. Du findest auch immer etwas, was du dir anlasten kannst, und dann geht der Prozess der Selbstbestrafung wieder los. Ich habe ja selber schuld, weil ...

Es spielt keine Rolle, was du dir anlastest, Hauptsache, du findest etwas. Das ist die Schiene, von der du dich jetzt verabschiedest, deshalb empfindest du das Alleinsein mit dir so mühsam.

Die Widersprüche entwickeln sich aus deinem Bedürfnis und den Anforderungen, die anscheinend von außen an dich gestellt werden. Du willst dein Leben nach deinen Vorstellungen führen, dir aber zur Sicherheit ein Stück Normalität erhalten. Du willst frei sein und hältst den Käfig fest. Du willst fliegen und krallst die Füße in den Boden. Benutze diese Vergleiche jetzt bitte nicht, um dich fertig zu machen oder dir mangelnde Flexibilität vorzuwerfen, sondern um dir klar zu machen, dass du diese Form des Lebens verlassen möchtest. Und kannst. Du kannst fliegen, du weißt es auch.

Sabine, du weißt, dass alles, was hier zur Sprache kommt, uneingeschränkt auch für dich gilt. Du hast vielleicht andere Beweggründe und andere Muster, aber die Ursache ist dieselbe und die Wirkung ähnlich. Bei dir ist als Besonderheit noch zu berücksichtigen, dass du dich nicht fertig machst, indem du dir selbst die Schuld zuschiebst, sondern deine Taktik ist es, daran festzuhalten, dass dich keiner liebt. Damit erklärst du alles, und die Ursache dafür ist deine angebliche eigene Unfähigkeit zu lieben.

Also, ihr zwei, löst euch. Es ist nicht viel zu tun, erwartet keinen Kraftakt und auch kein Aha-Erlebnis. Lasst euch ein, es ist in eurem Bewusstsein, somit sind alle Weichen gestellt.

47 Mutterrolle

Das Thema Bemuttern beschäftigt uns sehr, obwohl wir schon so viele Gespräche zum Thema hatten. Es ist ein sehr tiefsitzendes Muster. Fast unbemerkt haben wir unseren Muttertrieb auf uns gegenseitig übertragen. Es ist sehr schwierig, diese Schiene zu verlassen, nicht mehr ständig für die andere zu sorgen und sie zu „betüdeln". Und was immer noch sehr schwer wiegt und bei allen möglichen Gelegenheiten wieder ins Bewusstsein kommt, ist die Erkenntnis, dass niemand uns braucht.

Wenn ich mein früheres Leben betrachte, hatte ich immer genügend Menschen, um die ich mich gekümmert habe. Ich bin heute gar nicht mehr sicher, ob es immer in deren Sinne war, ich glaube, so manches Mal bin ich weit über das Ziel hinausgeschossen.

Fange ich mal mit Katja an: wie sah denn mein Sorgen aus? Ich fürchtete ständig, sie könnte zu kurz kommen, ihre Seele könnte aufgrund einer harten Erfahrung Schaden nehmen oder ich versäume, ihr Leben zu beschützen. Ich achtete auf alle Kleinigkeiten, angefangen von der Kleidung über das wichtige Thema Ernährung und natürlich Bildung und Herzensbildung. Mein Sorgen äußerte sich, glaube ich, in erster Linie darin, dass ich versucht habe, sie in die Richtung zu bringen, die ich für richtig hielt. Meine Vorstellungen von Ordnung, Wohlverhalten und richtiger Form der Nahrungsaufnahme waren die Basis für unsere Beziehung.

Wenn sie sich nicht so verhielt, wie ich es für optimal hielt, habe ich mit ruhigen Worten oder auch lautstark versucht, sie zu korrigieren. Ich wollte, dass sie nichts vermissen muss und lernt, wie sich das Leben am besten lebt. Ebenso habe ich meinen Mann umsorgt, immer der Meinung, dass ich weiß, was für ihn richtig und gut ist. Und außer den beiden gab es eine Reihe von Menschen, deren Wohl mir wichtig war und um deren Belange ich mich gekümmert habe. Ich habe meine Mutterrolle ausgedehnt und allen meine Vorstellung von richtigem Leben klargemacht, mal mit mehr und mal mit weniger Erfolg.

Was mich immer stolz gemacht hat, waren Sätze wie: „auf Eva ist Verlass" oder „Eva bringt das schon in Ordnung". Es ging mir auch sehr gut, wenn jemand mich fragte, wie ich eigentlich alles schaffe neben meinem Halbtagsjob, Kind und Haushalt. Ich habe davon und darüber gelebt, von anderen gebraucht zu werden. Es hat meine Tage sinnvoll gemacht und meine Aufgaben gewürzt. Oft dachte ich: „Wie undankbar die Menschen doch sind, ich tue doch alles, um sie zu überzeugen, dass sie so oder so besser leben könnten." Ich war traurig, wenn jemand nicht anerkannt hat, was alles für ihn getan wird – und kam eigentlich nie auf die Idee, dass das, was für mich gerade stimmt, für andere vielleicht nicht richtig ist.

Heute und mit Abstand betrachtet war es eine armselige Daseinsform, die völlig darauf ausgerichtet war, was andere von mir denken, wie ich es anderen recht machen kann und ob ich noch mehr hätte tun können. Ich selbst war in diesem Wust von Aufgabenerfüllung gar nicht mehr vorhanden, habe mich weder wahrgenommen noch festgestellt, ob etwas nicht in meinem Sinne sein könnte. Ich kam gar nicht auf die Idee, mein Wohlfühlen mit einer Situation oder einer Beziehung in den Mittelpunkt meines Interesses zu stellen, es war irgendwie klar, dass ich als Person keine Rolle spielte.

Ich weiß, dass es Sabine ähnlich ergangen ist, dass es vielen Frauen in unserem Umfeld heute noch so geht und wie schwierig es ist, diese Rolle zu verlassen. Wenn Sabine und ich uns nicht gegenseitig immer wieder hingewiesen hätten auf Kleinigkeiten, die uns in diesem Muster gefangen halten, uns nicht immer wieder Mut gemacht und Kraft gegeben hätten, wären wir heute wahrscheinlich tiefer drin als je zuvor, denn das schlechte Gewissen ist ein guter Verbündeter der Bemutterung.

Jetzt stehe ich vor der Frage, inwieweit es überhaupt notwendig ist zu bemuttern. Der Trieb ist sicher angelegt für den Säugling, der völlig hilflos wäre ohne die Bemutterung. Warum gelingt es uns nicht, ihn hierfür zu verwenden und ihn dann wieder zu verlassen, wenn wir spüren, dass das Kind flügge wird und jede Einmischung in sein Leben eine Einschränkung bedeutet und nicht mehr gut tut? Warum sind wir so dringend davon abhängig, dass andere uns brauchen und lieb haben?

Warum können wir uns nicht auf uns selbst konzentrieren und in uns finden, was wir benötigen? Denn wenn wir anderen alles geben und uns einsetzen bis zum Umfallen, schließt das auch immer eine gewisse Erwartungshaltung ein. Ist es aber nicht mehr als schwierig, Opfer und Geschenke anderer anzunehmen?

Ich glaube, die Lösung dieses Problems ist für ein menschliches Gehirn einfach zu schwierig und umfangreich. Ich habe für mich den Weg gefunden, indem ich mich vorübergehend ganz aus dem täglichen Geschehen herausgenommen habe mit Hilfe meiner Ernährungsumstellung, und jetzt Stück für Stück zurückkehre und nachsehe, was für mich noch von Interesse und Wichtigkeit ist. Es ist verdammt wenig, was mich verbindet mit den normalen Menschen und dem normalen Leben, das ich selbst vor nicht allzu langer Zeit gelebt habe.

Es gibt keinen Job auf der Welt, der mehr kommentiert, beurteilt und diskutiert wird als der der Mutter. Eine Aufgabe, die man völlig unvorbereitet beginnt, eigentlich nur durch eigene Erfahrung eingefärbt, die stets ehrenamtlich ausgeübt wird und mit dem meisten Frust belastet ist. Jeder, wirklich jeder, ob er nun selbst diese Erfahrung gemacht hat oder nicht, weiß es besser und gibt belehrende und gut gemeinte Kommentare ab, egal ob die Mutter hilflos vor einem schreienden Dreijährigen oder vor einem drogenabhängigen erwachsenen Kind steht. Alle heben den Finger und sagen: hättest du nur ...

Dabei hat die Mutter immer alles getan, was in ihrer Macht stand, alles befolgt, was ihr andere aus dem reichen Erfahrungsschatz geraten haben oder was in Büchern als einzige Weisheit verkauft wird. Sie hat sich nach dem eigenen Gefühl gerichtet und sich von anderen wieder von diesem Weg abbringen lassen, sie hat mitgefühlt, mitgelitten – und ein schlechtes Gewissen gehabt. Und dieses schlechte Gewissen ist eine stete Quelle, die eine Mutter antreibt, mehr und mehr und mehr zu tun, während das Kind spürt, dass etwas herauszuholen ist und fordert, fordert, fordert.

Es ist viel Verbitterung in diesen Aussagen – obwohl wir wissen, dass alles seinen Sinn hat. Wir wissen, dass es den Großen Plan gibt, nach dem auch wir leben und unbewusst spüren, ob etwas in unserem Sinne ist oder nicht. Das Problem dabei ist, dass uns der Überblick fehlt, was wir uns vorgenommen haben an Erfahrungen für diese Inkarnation, und diejenigen, über die wir uns am meisten aufregen oder die – aus welchen Gründen auch immer – unsere größte Aufmerksamkeit bekommen, tun nichts anderes, als sich an die Abmachungen zu halten, die wir vor Beginn dieses Lebens vereinbart haben. Warum aber ist es so sehr schmerzhaft, nicht mehr gebraucht zu werden? Warum setzen wir den Begriff geliebt werden gleich mit gebraucht werden? Was veranlasst einen Menschen, mehr und mehr und mehr von sich zu geben, sich selbst völlig zu vergessen, damit ein anderer Mensch es umso bequemer hat? Warum bemerken wir nicht, was da geschieht?

Ich möchte mir Zeit geben, mich mit diesen Fragen auseinanderzusetzen.

48 Und immer wieder die Ernährung

Ich empfinde heute so etwas wie Erleichterung, dass der Monat August begonnen hat. Der Juli war furchtbar anstrengend und forderte Durchhaltevermögen, jetzt kommt hoffentlich eine leichtere Zeit.

Das erste, worüber wir gesprochen haben, ist natürlich unser Eiskonsum, der ab sofort nicht mehr täglich stattfinden soll. Auf der einen Seite fürchte ich die Entscheidung und die Abende ohne Eis, auf der anderen Seite sagt mir die Vernunft: so geht es nicht weiter, ich schade mir selbst, ohne eigentlich noch den Genuss zu haben. Nun ist es in erster Linie eine Übung, die täglich wiederholt wird und schon viel mit Routine zu tun hat.

Mein Äußeres beschäftigt mich, das Unwohlsein und die Tatsache, dass ich morgens kaum aus dem Bett komme. Ich habe schon immer gern und viel geschlafen, aber es hat auch eine Zeit gegeben, in der ich viel weniger Schlaf brauchte und trotzdem immer fit war. Sicher hängt es mit dem Zuckerkonsum zusammen. War das eine Art Selbstversuch, jeden Abend Eis zu essen?

Jesaia sagt immer, wir werden nicht dick von dem, was wir essen, sondern von der Art, wie wir es zu uns nehmen. Immer wieder konnten wir feststellen, dass wir Dinge besser vertragen, die wir mit Genuss essen. Reue wirkt sich mit Unwohlsein aus, hastiges Essen verursacht Blähungen und Bauchschmerzen. Aber ich glaube, das ist es noch gar nicht, es muss noch etwas dahinter stecken. Ich fühle, dass ich nahe dran bin, es zu erfassen, aber es fehlt mir noch ein Punkt. Vielleicht erscheint der, wenn wir heute zum ersten Mal nach langer Zeit wieder einen Abend ohne Eis verbringen.

Wir haben so oft davon gesprochen und kamen uns lächerlich vor, dass wir das nicht lassen können. Alle anderen Speisen, ohne die wir uns den Tag nicht vorstellen konnten, haben sich mit der Zeit von allein verabschiedet. Wenn wir jetzt an Rote Bete denken, die wir glasweise verputzt haben und in Panik gerieten, wenn wir keinen Vorrat im Haus hatten, kommt nur noch ein müdes „Nein danke!" Ebenso geht es uns mit vielen anderen Dingen, ohne die wir nicht glaubten leben zu können. Aber dieses verdammte Eis – es will einfach nicht von allein gehen. Wir wollen nicht in die Disziplin gehen und es uns verbieten, ich fürchte aber, heute Abend wird es ein Verbot sein, denn tief in mir bin ich noch nicht bereit, darauf zu verzichten. Sabine sicher auch nicht, aber irgendwie müssen wir ja den Dreh mal bekommen!

Guten Morgen, du Liebe. Wir haben euch immer wieder Hinweise gegeben, wie ihr mit diesem Problem umgehen könnt, jetzt hast du sicher keine Antwort mehr von uns erwartet. Aber heute kommt der entscheidende Hinweis, der euch hoffentlich voranbringt.

Die Ernährung des Menschen hatte in seinem Ursprung den Sinn, Körperlichkeit total zu erfahren. Sie sollte nicht nur über das Fühlen, Denken und Sein möglich werden, sondern auch dadurch, dass ständig etwas aufgenommen und wieder abgegeben wird. Einige strenggläubige Menschen versuchen, völlig ohne Nahrung auszukommen, was auch möglich ist, aber den Sinn der Sache verfehlt.

Der Sinn des Menschseins sind Erfahrungen, und dafür sucht sich jeder seine eigenen Grenzen. Nichts ist unmöglich, nichts sollte unversucht bleiben.

Bei euch beiden ist es ein spezieller Fall. Ihr sollt für eure geistige Arbeit und das körperliche Wohlbefinden rein sein. Für diese Reinheit macht ihr seit einiger Zeit eure Erfahrungen und lebt eure Gefühle, um immer mehr über euch selbst und eure persönliche Form der Reinheit zu erfahren. Dazu gehörte die Olivenphase genauso wie die mit Rote Bete, und auch deine Sehnsucht nach Brot ist ein wichtiger Teil dessen. Um die persönliche Form der Reinheit herauszufinden, müsst ihr testen. Ohne diese Phase in der Selbstfindung geht es nicht.

Bevor ihr zusammengekommen seid, habt ihr auf sehr unterschiedliche Art eure Nahrungsaufnahme ausprobiert: Sabine in erster Linie durch die Disziplin und du hauptsächlich durch Hilflosigkeit. Das sind die äußeren Extreme. Probleme hattet ihr beide damit, habt dann einen Ausweg gesucht und seid gemeinsam darangegangen, eure persönliche Nahrungszufriedenheit zu finden.

Das Fasten und Erreichen eurer Traumfigur waren ein wesentlicher Bestandteil der Suche, denn damit habt ihr euch erst einmal aus dem alten Muster herauskatapultiert und alles verlassen, was für euch normal war. Dann seid ihr gemeinsam teilweise zurückgekehrt in Sabines Muster. Die Disziplin wurde Teil eures Tagesablaufs, damit ihr das, was ihr euch mühsam erarbeitet habt, nicht wieder hergeben müsst. Eine Zeitlang war das richtig für euch beide, dann kamen Veränderungen und ihr habt euch entschlossen, in Evas Muster der Hilflosigkeit gegenüber Nahrungsmitteln zu gehen. Darin seid ihr jetzt.

Wenn ihr dieses Muster intensiv genug gelebt habt, werdet ihr es loslassen und weiter suchen, welches der richtige Weg ist. Dazu gehört, dass ihr euch täglich neu für euch selbst entscheidet und nicht mehr voraussetzt, dass ihr eines Sinnes seid.

Die wesentliche Bedingung, die Abnabelung voneinander und von allen anderen Menschen steht vor der Vollendung. Wir wissen, wie schmerzhaft und mühsam dieser Prozess ist, deshalb haben wir euch immer wieder bestärkt, jetzt nicht auf Druck Veränderungen herbeizuführen, für die ihr gar nicht die Kraft haben könnt. Das ist der Grund, warum eure „Eisorgien" weitergelebt haben, obwohl ihr die Nachteile schon erkannt habt und gar nicht mehr den Genuss hattet, der es einmal war. Und der Grund für körperliche Schlappheit und Müdigkeit.

Der Monat August wird euch die Veränderung bringen, auf die ihr wartet. Ihr ersehnt sie hauptsächlich, weil ihr euer Äußeres so nicht mehr akzeptieren wollt. Lasst euch noch einmal sagen, dass die Extremform der Ernährung, die ihr für euch als richtig angesehen habt, nicht vorgesehen ist. Die Übung des täglichen Aufnehmens und Loslassens spielt in eurem Leben eine wichtige Rolle, ebenso wie die Abwechslung und die Tatsache, dass nichts so bleibt wie es ist. Und dass nichts so bleiben soll, wie es sich als gut erwiesen hat.

Das einzig Beständige im Leben ist die Veränderung Dieses Motto sollt ihr nicht nur kennen, ihr sollt es auch leben. Innen und außen. Ihr sollt

181

es weitergeben an solche, die sind wie ihr. Ihr sollt euren Weg vertreten mit der gleichen Begeisterung und Vehemenz, die ihr aufgebracht habt, als ihr beschlossen hattet, ab sofort Rohköstler zu sein. Aber es geht nicht darum, dass ihr ein Extrem vertretet, sondern darum, dass ihr erfahrt, dass täglicher Meinungswechsel in Ordnung und Bestandteil eures Daseins ist.

Fühlt beide einmal hinein, ob ihr euch dafür entscheiden könnt.

Das ist die wahre Entscheidung, die ansteht.

49 Opfer

Diese Halsschmerzen bringen mich um, und bevor ich irgendetwas anderes tun kann, muss ich mich damit auseinandersetzen. Angefangen hat es, als meine frühere Freundin mir sagte, dass sie ihren Egoismus entdeckt und beginnt ihn zu leben, dass sie mich jetzt verstehen kann und oft an mich gedacht hat. Immer wollte ich, dass andere mich verstehen, und wenn es dann so ist, würgt es mich im Hals.

Nicht verstanden zu werden ist eines meiner Hauptprobleme, seitdem ich mich selbst finde. Ich hätte es gern gehabt, dass alle mich verstehen und lieb haben, auch wenn ich ganz anders lebe als bisher und als alle anderen. Kaum einer tat mir den Gefallen, und das machte mich immer fertig. Ich habe mich nie damit abfinden können, dass ich mich nicht mehr angepasst verhalte, ganz im Gegenteil. Die Anpassung an die äußeren Verhältnisse war wohl eine wichtige Überlebensstrategie, jedenfalls hat sie es enorm erleichtert. Und vor lauter Anpassung bin ich irgendwie verloren gegangen. Um mich selbst wieder finden zu können, musste ich die Anpassung völlig verlassen, weil das wohl nicht zusammen funktioniert. Soweit der Kopf.

Nun das Gefühl: der Schmerz und das ständige Bewusstsein, anders zu sein als die anderen begleitet mich von Anfang an. Ich fand es nie gut, dass ich nicht so bin wie meine Geschwister, Schulfreunde, Kollegen oder Sportsfreunde. Ich habe mich immer bemüht, wenigstens teilweise so normal zu sein wie ich die anderen empfunden habe, um dazu zu gehören, um irgendwo Teil zu sein. Je mehr ich mich bemühte, desto mehr entfernte ich mich innerlich. Wenn ich mich von den Umständen oder Personen eingeengt fühle, bin ich hilflos und fühle mich als Opfer.

In den letzten Tagen habe ich das Gefühl, ich kehre zurück in mein früheres Leben: es treten Situationen ein, die mit meinem heutigen Ich eigentlich nichts mehr zu tun haben und mich dennoch voll wieder einsteigen lassen in alte Muster und Gewohnheiten. Ich erkenne es jetzt, aber es ist erschreckend, wie oft ich mich als Opfer fühlte. Das Opfer sitzt also rechts in meinem Hals. Wie oft war ich wegen einer Halsentzündung beim Arzt! Und ich erinnere mich, dass ich auch von ihm Verständnis haben wollte. Warum will ich immer Verständnis haben?

Das Opfer ist in erster Linie Opfer, weil es hilflos ist und sich von anderen etwas erhofft. Der größte Teil der Menschen ist die meiste Zeit ihres Lebens Opfer der äußeren oder inneren Umstände, sie fühlen sich Situationen oder Menschen oder beidem ausgeliefert und trauen sich überhaupt nicht zu, eine Situation zu verändern oder sich von einem Menschen zu trennen, der sie in dieser Opferrolle hält. Um zu wachsen, bleiben sie in der Situation oder bei der Person. Die Chance ist nicht, sich zu trennen, sondern herauszufinden, was es mit ihnen selbst zu tun hat.

Wachstum und Erfahrungen prägen das Leben und sind der Sinn des Aufenthaltes hier auf der Erde, und das Opfer ist die verbreitetste Form der Selbsteinschätzung. Kein Wunder also, dass auch du diese Form der Erfahrung gewählt hast. Es sind übrigens die Ausnahmen, die davon frei sind, und jeder Mensch gibt es an seine Nachkommen weiter.

Stark werden nur die, die sich selbst finden, Bestätigung in sich fühlen und dies wiederum weitergeben können. Nicht mit Worten, sondern indem sie es leben. Soweit allgemein, jetzt zu dir und einer alten Freundschaft, die dir viele Jahre Halt, Verständnis und Geborgenheit gegeben hat. Gemeinsamkeiten, die euch haben wachsen lassen und das Gefühl, einander immer gut zu verstehen, waren die Basis eurer Freundschaft. Diese Zeit ging irgendwann zuende, eure Wege führen nun in verschiedene Richtungen, aber was euch bleibt, ist die Erfahrung, sich vertrauen zu können und Verständnis gefunden zu haben. Damit habt ihr eine gute Grundlage geschaffen für die Dinge, die euch erwarten. Sie wird euch beiden nicht wieder verloren gehen.

Was du bei dem Gespräch empfunden hast, war in erster Linie Trauer um die Vergänglichkeit. Deine Freundin steht für dich auch für wertvolle Erfahrungen mit dir selbst, was zu dem Zeitpunkt neu für dich war. Diese Erfahrungen teilt sie jetzt mit anderen Menschen, sie geht ihren Weg ohne dich, wie auch du andere Menschen gefunden hast und deinen Weg ohne sie gehst. Das ließ sich noch einigermaßen unterbringen in dir, solange du dir sagtest, dass dich sowieso keiner versteht.

Nun teilt sie dir aber mit, dass ihre Erfahrungen auch in diese Richtung gehen, dass sie dir folgt und dich verstehen kann. Es hat dich fertig gemacht, nicht von ihr verstanden zu werden, aber es ist noch viel schlimmer, das Gegenteil zu hören. Es ist so gedacht, dass Menschen dir folgen, aber du fühlst deine Ängste, wenn dir die Tatsache bewusst wird. Die Ängste sind, nicht stark genug zu sein, es nicht richtig zu machen, noch mehr Menschen zu verlieren, ganz allein dazustehen, nicht zurecht zu kommen. Sieh dir diese Ängste bitte einmal an.

Die Umgebung ist gelb und rosa, licht und freundlich. Mittendrin ist ein dunkler Knoten, der sich um sich selbst dreht. Er ist sehr verschlungen und wirkt ausgefranst. Er verbirgt etwas. Ich fürchte mich, näher heranzugehen. Von allen Seiten kommen hellblaue Wellen auf meinen Mittelpunkt zu. Sie legen sich leicht über die rosa und gelbe Umhüllung, schließen sie mit ein. Je näher die Wellen dem Knoten kommen, desto enger wird mein Hals. Er schnürt völlig zu, ich kann nicht mehr schlucken und atmen. Mein Herz klopft wie wild, ich bin eingezwängt.

Ich bin der Knoten.

Mit einem Knall öffne ich mich, die Fransen fliegen zu allen Seiten.

Darunter ist es wie in einem Ei, hell, glibberig und fließend. Immer noch ist mir der Hals eng, ich spüre einen starken Schmerz und fürchte mich. Eine Hand taucht auf und führt mich behutsam in eine Richtung, ich gebe mich ganz in diese Führung. Das Zentrum kommt näher, ich trete ein. Es flimmert hell um mich, blendet aber nicht. Ich bin umgeben von Helligkeit und Klarheit, Leichtigkeit und Frieden.

Ich höre einen zarten Ton, der anders klingt als alles, was ich kenne. Der Ton schwillt an und kommt näher, er ist beunruhigend und zart zugleich. Ich lasse mich ein auf den Ton. Er vibriert durch den ganzen Körper, nimmt völlig Besitz von mir. Ich lasse ihn in mein Innerstes, vibriere mit und werde der Ton. Ich fühle, dass ich mich auflöse und eintauche in die

Weisheit, die mich umgibt.

Plötzlich sehe ich mich wie eine Milchflasche, die aufgefüllt wird bis obenhin, es läuft sogar über. Es riecht gut, klingt gut und fühlt sich gut an. Mein Hals wird mit einer Paste bestrichen. Mein Herz wird in Hände genommen, gehalten und getröstet. Mein Bauch wird massiert und eingeölt. Alles ist warm und geborgen. Ich fühle Frieden.

50   Die geistige Welt existiert

Ich bin wieder total verunsichert und fühle mich nirgendwo zugehörig.
Helft mir, indem ihr mir ein paar Argumente an die Hand gebt.

Der innere Frieden kann nur erreicht werden, wenn wichtige Voraussetzun-
gen erfüllt wurden. Die Selbstkritik ist natürlich wichtig, du solltest dich
selbst einmal voll und ganz in Frage gestellt haben. Wenn alle Fragen beant-
wortet wurden, kannst du zum nächsten Teil übergehen – zum Erfühlen der
inneren Realität. Das ist der umfangreichste und schwierigste Teil, denn da-
für gibt es in der physischen Welt weder gute Vorbilder noch Anleitungen, die
sich umsetzen ließen.

Wer diesen Weg geht, ist sich klar, dass er sich nirgendwo anlehnen oder ori-
entieren kann, sondern nur sich selbst hat und sein Vertrauen in die inneren
Fähigkeiten und Wahrheiten. Das kann nicht mit einem Programm erarbei-
tet werden, sondern muss immer in dem Moment erfühlt werden, wenn Si-
tuationen es erfordern, dass der gesamte Mensch mit all seinen Körpern und
Wahrheiten dabei ist. Und zulässt, dass Energien und Wesenheiten von ihm
Besitz nehmen, die das Leben als solches und das Sein als Ganzes von oben
und außerhalb betrachten.

Ihr Menschen seid euch sicher nicht bewusst, dass ihr keine Sekunde existieren
könntet ohne das Universum und seinen Einfluss. Wir haben hier viele Auf-
gaben zu erfüllen, und eine davon ist wesentlich von euch und eurem Alltag
geprägt, nämlich die Aufgabe, euch sicher und geborgen durch diese Inkarna-
tion zu geleiten. Diese Aufgabe hat für uns viele Vorteile und bringt uns un-
serem Kern näher als wir es allein mit unseren hiesigen Aufgaben erreichen
könnten. Außerdem fühlen wir mit euch und haben es somit leichter, andere
Menschen zu begleiten, die unerfahrener sind im Umgang mit uns und sich
selbst nicht trauen.

Die Zufriedenheit ist die Summe aus Vertrauen, Liebe und Wachstum.
Nur wer weitergeht im Leben, also nicht stehen bleibt und sich auf dem
Erreichten ausruht, hat die Chance, sich zu einem Wesen zu verändern,

das den Überblick bekommt über seine eigene Wahrheiten und die Wahr-
heiten des Universums.

Die Menschen, die diesen Weg gehen, sind meistens einsam, weil kaum ein
anderer nachvollziehen kann, was bei ihm passiert, geschweige denn findet er
Gesprächspartner, die das Thema und die Beschäftigung mit dem außerirdi-
schen Ich ernst nehmen und als Chance betrachten.

Wenn wir euren Werdegang beleuchten, wird es klarer: Ihr habt euch aufeinander
zu entwickelt. Als ihr aufeinandergestoßen seid, hattet ihr beide schon eine gewis-
se Portion an Reife und Wachstum erarbeitet und erfahren. Das Vertrauen in eure
Fähigkeiten und die Möglichkeiten des Universums hatte schon ein erhebliches Ni-
veau, ebenso die Selbstverständlichkeit, mit der ihr eurer inneren Wahrheit begeg-
net seid. Das Zusammentreffen hat in euch beiden starke Gefühle ausgelöst, von An-
fang an war eine große Anziehungskraft, die euch erst nach und nach bewusst wur-
de. Dann habt ihr begonnen, euch auszutauschen und die Fähigkeiten und Bega-
bungen der anderen zu erkennen und zu fördern.
Eine sehr wichtige Zeit war der Anfang eurer Beziehung, dann kam die Liebe hin-
zu und vervollkommnete das Bild eurer gegenseitigen Achtung.
Danach folgte die Zusammenlegung all euerer Interessen. Ihr habt euch gegenseitig
erforscht und immer wieder zu euch selbst gebracht, habt euch eng aneinanderge-
schlossen, weil in eurer Umwelt keine Bezüge mehr möglich waren, und euch völlig
zurückgezogen und in eurer Welt verkapselt, um die Erfahrung zu machen, was es
heißt, vollkommen zu lieben.
Es ist in Ordnung, dass ihr darüber vorübergehend vergessen habt, dass ihr
zwei Personen seid mit unterschiedlichen Interessen und Lebensaufgaben.
Nun erwacht ihr aus der Symbiose und versucht, euch nach und nach wieder
auf eigene Füße zu stellen. Das ist zunächst mit schmerzhaften Ablösungser-
scheinungen verbunden und nimmt euch mehr mit als ihr glaubt. Deshalb
hattet ihr in letzter Zeit außer der Beschäftigung mit euch selbst nicht viel
Raum für andere Aktivitäten und Menschen. Ihr wollt jetzt wissen, wo ihr
entlang gehen sollt, wie es zusammen passt, wenn jede von euch wieder zu
sich selbst kommt, ob eure Partnerschaft eine Chance hat und ob ihr Gefahr

lauft, ähnliche Fehler zu machen wie mit euren Ehepartnern.

Die Gefahr ist niemals auszuschließen, ihr solltet also immer aufmerksam blei-
ben für die eigenen Interessen und die der anderen. Aber ihr seid schon viel zu
weit gegangen, um wieder in alte Muster zu geraten, die hauptsächlich entstehen
konnten, weil ihr keine Traute oder Lust hattet, euch mit euch selbst, euren Wün-
schen, Gefühlen und Bedürfnissen auseinanderzusetzen. Da euer Tagesablauf da-
von bestimmt ist, mit euch selbst klarzukommen und immer wieder nachzufra-
gen, was eure Wünsche sind, ist es ziemlich unwahrscheinlich, dass es euch so noch
einmal begegnen kann.

Ich weiß, dass ich den Kopf heraushalten soll, aber woher kommen jetzt
diese Informationen?

Wenn du zulässt, dass sie fließen, kommen sie aus deinem Inneren und da-
mit aus dem Großen Inneren des Universums. Du bist angeschlossen an die
Quelle aller Schriftsteller, die jemals waren und sein werden. Wer aus dieser
Quelle schöpft, stellt sich in den Dienst der Sache und nimmt sich selbst her-
aus, er gibt aber auch alles hinein, was er selbst erfährt und an Wissen hat.
Du kannst also ganz beruhigt sein, du nimmst niemandem etwas weg, wenn
du diese Quelle sprudeln lässt.

Lass es bitte zu, wir wünschen es so sehr und möchten es gern noch leichter
haben. Wir, das sind alle Schriftsteller, die auf der Erde oder im Universum
existieren. Werde die, die du schon immer warst, werde Teil von uns, es wird
ein Geben und Nehmen sein.

Vergiss deine menschlichen Bedenken, du würdest dir zuviel nehmen oder
den Anforderungen nicht gerecht. Verlasse deine Ängste, alles wäre nicht rich-
tig wie es ist.

Du sollst und darfst alles nehmen, was sich dir anbietet, du nimmst es nicht
für dich und deinen persönlichen Ruhm, sondern für die Sache: die Bestäti-
gung, dass die geistige Welt existiert und mehr Menschen als bisher Bescheid
wissen sollen, wie sie existiert und in der Lage ist, das Leben entscheidend zu
verändern und zu erleichtern.

Zu diesem Buch

Ich werde oft gefragt, wie es funktioniert, dass ich die Informationen aus dem Universum empfange. Ehrlich gesagt: ich weiß es nicht, denke aber, es ist das Ergebnis jahrelanger Übung und Meditation. Es ist ein Weg der tausend Schritte, wie alles andere im Leben auch, und dieser Weg muss betreten werden.

Ob ich einen kleinen Spaziergang machen oder den höchsten Berg erklimmen will, ich muss zunächst den ersten Schritt tun. Alles weitere kann ich nur laufen lassen und beobachten. Erst ist da die Entscheidung, etwas zu verändern oder auszuprobieren, dann folgt der Mut für den ersten Schritt. Alles Weitere können wir getrost unseren geistigen Helfern überlassen, sie stehen uns gern zur Seite und geben Signale, was wir wie angehen können. Nur der Anstoß, der muss von uns ausgehen.

Ein Jahrzehnt unter himmlischer Führung hat mir immer wieder gezeigt, dass es viel mehr Möglichkeiten gibt als ich es mir vorstellen kann und dass auch die verzwickteste Situation sich leicht auflöst, wenn ich bereit bin, das Ruder aus der Hand zu legen. Ich habe mich sehr schwer getan mit dem Ausprobieren, dieses Buch belegt es in vielerlei Hinsicht, aber ich habe großes Vertrauen gewonnen in die Kräfte des Universums.

Ich wünsche mir, dass jeder für sich herausholt, was noch fehlt für dieses Vertrauen. Und ich wünsche mir und allen anderen Menschen einen normalen Umgang mit dem, was ich als übersinnlich bezeichne.
Es gehört zu uns wie die Sonne, der Mond und die Erde.

Inhaltsübersicht

Was ist eigentlich...

... Channeln?

Das Wort kommt aus dem Englischen und heißt so viel wie „als Kanal dienen". Ein Kanal steht zur Verfügung zwischen der geistigen und körperlichen Welt. Er vermittelt Botschaften von den Wesenheiten, die die Menschen erreichen sollen. Wer channelt stellt seine eigene Meinung und sein eigenes Wissen hintenan, um sich zu öffnen für Wahrheiten, die außerhalb der menschlichen Vorstellungskraft liegen. Es gehört eine große Portion Disziplin, Mut und Selbstverständnis dazu, sich diesem Weg zu öffnen. Er bietet allerdings auch enorme Möglichkeiten der menschlichen und geistigen Entfaltung.

... ein Medium?

Das Medium ist eine Person, die ihren Körper zur Verfügung stellt, um Energien aus dem Kosmos für die irdische Ebene aufzubereiten. Die Energien kommen ungebündelt und unbeeinflusst hier an, treffen auf einen entsprechend vorbereitetes Medium und fließen dann in der richtigen Dosierung zu den Empfängern.

Ein Medium kann eine Seherin sein, eine Heilerin oder ein Hörmedium. Die Seherin wird das, was sie über das Dritte Auge wahrnimmt für uns sichtbar machen über Erzählung oder durch malerische Umsetzung. Das Heilmedium ist in der Lage, die heilenden Strahlen aus dem Universum aufzunehmen, um sie dann über die Hände an Personen weiterzuleiten, die geistig, seelisch oder körperlich erkrankt sind. Und das Hörmedium empfängt Botschaften und Wissen aus der geistigen Weit, übersetzt sie und leitet sie an Interessierte weiter.

Der Weg des Mediums ist lang und mühsam, er macht aber auch viel Freude und birgt großartige Möglichkeiten des persönlichen Wachstums. In erster Linie geht es immer um die eigene Fortbildung und um die Erweiterung des geistigen Horizonts - denn die Möglichkeiten im Universum sind unendlich.

... eine Wesenheit?

Eine Wesenheit ist eine geistige Existenz, die sich nicht für eine körperliche Daseinsform entschieden hat. Sie ist unendlich und Teil des All-Einen, was soviel heißt wie ohne Grenzen und in allem mitschwingend. Wesenheiten haben vielfältige Aufgaben im Universum, suchen aber generell den Kontakt zu Menschen, um sich über deren Erfahrungen weiterzubilden. Jede geistige Existenz hat ihre Persönlichkeit, ihre einzigartige Lebensform und ihr eigenes Wissen, das sie allerdings nicht für sich behält, sondern dem großen Wissenspool zur Verfügung stellt.

Als Gegenleistung kann sie sich jederzeit bedienen aus diesem Pool, um das Wissen aller Daseinsformen und Zeiten abzurufen.

... und wie wird man ein Medium?

Ein Mensch, der sich entscheidet, sich dem Wissen und den Wahrheiten des Universums zu öffnen, hat die gleichen Möglichkeiten wie eine Wesenheit.

Grundsätzlich kann jeder Mensch ein Medium sein und den Kontakt zu den ihn begleitenden Wesen aufnehmen. Als einzige Bedingung braucht er die Bereitschaft, sein Leben zu verändern und sich den Anforderungen der geistigen Welt unterzuordnen.

Wenn er die Entscheidung getroffen hat, werden Menschen, Bücher und Informationen zu ihm kommen, die ihm den weiteren Weg weisen.

Gehören Sie auch zu den Menschen, die über transpersonale Erfahrungen verfügen und die darüber berichten wollen?
Dann nehmen Sie bitte Kontakt zum Verlag auf über agaperos@gmx.de